COBALT-SERIES

占者に捧げる恋物語

野梨原花南

集英社

目次

占者に捧げる恋物語

魔王

名をサルドニュクスという。かつてはサリタ・タロットワークという魔法使いだった。

スマート

自称・美貌の流浪の大賢者。魔法使い。サリタの師匠であった。

カリカ

戦争で家族を失い、城の占い師のスーチャに拾われた。

スーチャ

城付きの占い師。

ユウレルダヤ

他国から嫁いできた女王。

登場人物紹介

イラスト／宮城とおこ

占者に捧げる恋物語

第一章　カリカ

ローラント王国は今、冬だ。

捕れた魚を湖の上に出しておけば一時間もせずに凍って石のようになる。それを樽《たる》の中に詰めて、更に水を入れてしまえばかなりの期間保存が出来るので、その樽が今のローラント王国の名産だ。

それほど厳しい冬のローラント王国。

火の気《け》のない、今は使われていない城の地下の牢屋《ろうや》は、壁に薄く氷さえ張っている。

その牢屋の床にカリカは魔法陣を自分で描いた。

魔法陣を床に描き終わったときには月が鉄格子《てつごうし》の窓から見えていた。

月は窓を過ぎてもう見えない。そうなってしまえばもう時間はわからなかった。

どれほどの時間が経ったのか。

カリカは何か大きな者にのし掛かられているような疲労感と重力を全身に感じ、床にはいつくばっていた。

その間ずっと唱えている長い長い呪文《じゅもん》。

ノート一冊分はたっぷりある呪文。

ようやく最後のページだ。

どうしてこんなに疲れるんだろう。全身が汗でどろどろだ。意識がとぎれそうだ。今がどこでここがいつで、自分が誰かわからない。

私の名はカリカ。

スーチャは東の牢屋、ここから離れた、そしてここよりも暖かい牢屋で眠っている。

スーチャは明日処刑される。

だめだそんなの。

スーチャがいないと私はだめなんだ。

誰か助けて。

裂《さ》けそうに痛い喉《のど》と、頭の中で鳴っているように思える鼓動で、最後の一行を唱え、カリカは全身の力を抜いた。

疲労のあまりそのまま意識を手放そうとしたカリカは、けれど牢屋の中で聞こえてきた言葉に目を開いた。

「あれまぁ。ずいぶん無駄《むだ》の多い魔法陣だな」

「そうですね。しかもあっちこっち綻《ほころ》びて、不格好です。でも、構築式はあんまり見ませんね」

「うん、新しいな。発明だ」

「参考になりそうでよかったですね」

世間話をしているような声だ。

のんびりしていて楽しそうな。

なんだか無性に腹が立った。

「……誰だよ。ここは酒場じゃないぜ」

そう言おうとして途中で咳《せ》き込んだ。咳き込みすぎて少し吐いた。すり切れた灰色のローブの袖《そで》で口元を拭《ふ》いて、なんとか目を開け、顔を上げようとする。

「んー？　酒場だったらあんたももっと、イイ格好しててくれるんだろうけどなぁ」

ヒヒ、と、下品に声が笑う。

けれどそれは奇妙に明るさや軽妙《けいみょう》さのある言い方で、カリカはきょとんとする。

「僕を呼び出したのは君だろう」

もう一つの声がした。

若い声で、何か夜風を連想するような響きだった。

「え」

なんとか、まともに会話をしようとするのだが、力を込めると全身が細かく震えてうまくいかない。まともにものを考えるのが難しい。疲れきっているのだ。

そんなカリカを、若い男が一瞥《いちべつ》した。

途端にカリカの身体の震えは止まり、全身が軽くなった。

息も鼓動も正常で、よく寝た朝の様にすっきりしている。

カリカは驚いて目を見開く。そしてはっきりした頭で飛び起きて、眼前の光景を見つめた。

人のいない牢屋の、蜘蛛《くも》の巣だらけの天井の下。

床には自分が描いた魔法陣が薄い緑色に光っている。

外はこの二ヶ月変わらず、たっぷりの雪があるだろう。音の吸われる静寂の夜。二人の男の声だけが、静かに寒い牢屋に響く。

自分の吐く息は雲のように白い。

目の前の二人の男をみつめる。光は魔法陣の光だけだったが、闇に慣れた目には充分だった。

一人は年かさで、長い鉄色の髪を後ろで邪魔《じゃま》にならないように結わえていた。黒い……なんだろう、羽根飾りの付いた毛皮の様なもので出来た黒いコートかマントを着ていて、しゃがみ込んで魔法陣を見ている。ふんふんと、何か納得している口元から漏《も》れる息は白い。

だが、もうひとりの、黒髪の男は異様だった。

男というよりまだ少年のようにも見える。年がよくわからない。瞬きの拍子に老人のようにも映った。魔法陣の光に照らされてさえ真っ黒な、その瞳の黒さが際《きわ》だった。

見たことのない深い黒色。

そして彼の口元には、白く凍る吐息がなかった。

息を吐いていないのだろうか。

人間ではないのだろうか。

そう考えてカリカはぞくりと身体《からだ》を震わせ、二人を見つめる。

黒い瞳の男が、そんなカリカを見て特に感慨《かんがい》もなさそうに先刻と同じ事を言った。

「僕を呼び出したのは君だろう。魂《たましい》でも消えたのか？」

鉄色の髪の男が面白そうに言った。

「魂消《たまげ》たって、言うけどな」

そう。

そうだ。

自分が呼び出そうとしていたものは。

カリカは黒い瞳の男を見つめたまま、くたくたとその場に膝《ひざ》をついて座り込んでしまった。

「魔王」

言葉が勝手に口からついて出る。

「この世界の魔王じゃないけどね。呼び声が聞こえたし、連れの用事もあったから。話次第では願いを叶えることもあるけど、そうじゃないこともある」

　魔王は淡々と言う。

「……そんなこと言わないで……」

　カリカの目から、ぽろりと涙がこぼれ落ちた。

「助けてくれ」

　しゃくり上げながら言う。

　泣いていたら言葉が上手《うま》くしゃべれないのに。

　しっかりしろ。しっかりしろと自分に言い聞かせるが、涙が止まらない。

「お願い、スーチャを助けてぇ」

　なんでもする。

　なんでもするから。


　カリカは二人をスーチャが使っている城の一角の客間に案内した。

　スーチャは城付きの占い師で、実績もあって地位も高かったから、城の中の部屋をいくつかあてがわれていた。

　そのうちのひとつである客間は、この冬が来る前にカリカが一応掃除《そうじ》はしたのだが、今まで誰も客を迎えたこともなくて、カリカでさえ歯の根が合わないような寒さだった。

「ごめん、私の部屋は本がいっぱいだから、こっちに、と思ったんだけど」

カリカは申し訳なく思ってそう言ったが、魔王は少し首を傾けた。

「暖かくする?」

そう言われたけど言葉の意味がわからない。暖くしてくれ、と言われるのならいっそわかるのに。

「え?」

「……でも、君の部屋が本だらけなら、連れが喜びそうだからそっちに連れていってくれ」

散らかってるから、とカリカは言おうとしたが、魔王相手に気にしても仕方ないかと思って二人を自分の部屋に連れて行った。

カリカの部屋は狭く、壁には毛皮やタペストリを張って暖かくしつらえていた。

この国のどの部屋にでもある煉瓦《れんが》積みの暖炉《だんろ》には、まだ熾《おき》がくすぶっていた。カリカは火掻《ひか》き棒《ぼう》を手にとって熾を転がして空気を送り、薪《まき》をくべて暖炉に火を燃やす。

石積みの部屋はそれであっという間に暖かくなり、カリカは毛皮を脱いで壁に掛けた。

その動きの全ては積み上げられた本の間を縫《ぬ》ってのことで、カリカのベッドは半分が本に埋もれていた。

「座れるところも、あの、ないんだけど……」

やっぱり客間にすればよかったかなとカリカは思ったが、魔王が、

「そこでいい」

とベッドを指さした。

カリカは本を避け、引き出しから模様のついた大きな布を取りだして、広げてベッドに被《かぶ》せて皺《しわ》を伸ばした。粗末《そまつ》だが、せめて座ってもらうならこれくらいはしたかった。

「ありがとう」

魔王はそう言って玉座《ぎょくざ》の様に腰を下ろし、もう一人の男は部屋に入った途端に手に取った本を読みながら無言でその横に座った。ものすごい勢いでページをめくっている。読めているのか疑問だ。気がつけば彼が着ていたあの黒い得体《えたい》の知れないマントが、いつの間にか消えていた。

カリカはそれを気持ち悪いと思ったが、口には出さずに暖炉に掛けていたやかんに甕《かめ》から水を汲《く》み足した。

台所から紅茶の葉とポットとカップを取って戻ってくると、本の山の間をなんとかすり抜けて、自分が座るための椅子《いす》を二人の前に置いた。それから紅茶を淹《い》れて、盆に載せたままベッドに置いて二人に勧める。

暖炉で薪のはぜる音がした。暖かい。

椅子に座ったカリカは改めて頭が混乱した。

目の前に魔王がいる。

もう一人はなんだかわからないが、魔王の供なんだろう。

ともあれ何か会話をしよう。黙っていても仕方がないし、話しかけてくれるほど親切な相手でもなさそうだ。

「ええと……私はカリカといいます」

「僕は魔王。名はサルドニュクス」

魔王がそこらの青年みたいにあっさりと言い、鉄色の髪の男は本から視線を離さずに名乗る。

「俺様スマート・ゴルディオン」

彼は持っていた本を読み終わりそうだったので、カリカは一度立って本の山の中から続きを揃《そろ》え、彼の横に置いた。

「おっありがとよ」

言われれば悪い気はしない。すこし気分がほぐれた。思い切って切り出す。

「えと、あの。……他の世界から、来たんですよね」

魔王が苦笑する。

「普通に話していいよ、カリカ」

カリカは顔が熱くなる。なんだか恥ずかしくなった。

「魔王……えと、サルドニュクス様」

「魔王でいい。……君はなかなか面倒だな、カリカ。いいよ、本題に入って。『スーチャを助けて』欲しいんだろう？　ああ、でもその前に顔を洗ってきた方がいいな」

魔王はカリカを見つめ歌うように言う。

カリカは頷《うなず》くと緊張してがたつかせながら椅子を降り、部屋の隅に置いてある水入れを取って水をたらいに注ぎ、顔を洗って布で拭《ふ》いた。

顔が涙でごわついていたので、とてもさっぱりした。

立てかけてある鏡に、自分の顔が映る。

櫛《くし》などもう何年も通していない灰色の髪。伸び放題で、顔の半分を覆《おお》う髪。これしか持っていないからぼろぼろになった厚手のローブ。

もっとマシな格好をしろよと誰からも言われたが、カリカはこれでよかった。

このローブははじめて逢《あ》ったときにスーチャが古着屋で買ってくれたものだ。たまたま大きいものしか売っていなかった。あの時は大きかったが今はもうぴったりだ。

魔王も連れも、身なりを気にする様ではなくて本当によかった。

さぁ、消耗《しょうもう》した気力も体力も、魔王が戻してくれたのだ。おそらく。なんの呪文《じゅもん》も、なんの儀式も用いずに。素晴らしい力だ。

きちんと筋道を立てて話をしなくてはならない。

カリカは両手でぴしゃりと頬《ほお》を打って、気合いを入れた。

スーチャ。

あんたは死なせない。

カリカは戻ると椅子《いす》に座り、自分の爪や膝《ひざ》、魔王の腕や、鉄色の髪の男の読む魔法書の表紙など、忙《せわ》しなく視線を動かして話し出した。

「ここはローラント王国といって、私が子供の頃に戦乱があって、それで勝って、結構大きい国になった。私は戦乱の時に孤児になって、死にそうになってたのをスーチャに拾われた。スーチャは城の占い師で、私はスーチャの身の回りの世話をすることになった。それでずっと一緒《いっしょ》にいるんだけど、この間、王様と王子様達が流行病《はやりやまい》でいっぺんに亡くなって、新しい王様になったんだ。新しい王様は……もう、ほんとうにこの間、戴冠式《たいかんしき》が終わったばっかりだったんだけど、一番最初のお下知《げじ》がスーチャの処刑で。スーチャは明日処刑されるんだ。だからスーチャを助けて欲しい」

魔王は、ふぅん、と特に感慨《かんがい》も共感も同情もなさそうに呟《つぶや》いた。その反応を計りかね、カリカはただじりじりと魔王を見つめる。

魔王が口を開いた。

「それは君がやればいいんじゃないか」

カリカはその言葉に目眩《めまい》がした。

「出来るか！　相手は国王陛下なんだぞ！　だからあんたを呼び出したのに！」

魔王はいかにも面倒くさそうに溜息《ためいき》を吐いた。

「注文が曖昧《あいまい》なんだ。スーチャを遠くに飛ばせばいいのか？　国王を殺せばいいのか？　それともこの国を滅ぼして、それどころではなくせばいいのか？　ああ、スーチャを国王にしてしまえばいいのか、いっそ」

「そうじゃなくて！　そんなんじゃなくて、スーチャを助けて欲しいんだ！」

思わず椅子から立ち上がってカリカは言う。

魔王は心底面倒くさそうに息を吐いて、もう一度同じ事を言った。

「注文が曖昧なんだ」

かあっとカリカの全身が怒りと焦りと羞恥《しゅうち》で熱くなった。

なんだ。

なんなんだ。

「……魔王って、なんでもできるんだろう!?　呼ばれて出てきてくれたんなら、なんでもしてくれよ!!」

「ああ、そうとも、僕は何でも出来るよ。けれど、僕はただの力だ。力は明確な意志がなければ意味がない。喩《たと》えるなら僕は馬車を引く馬で御者《ぎょしゃ》は君だ。どこへ行けばいい。スーチャを助けるという場所に行くにしろ、僕は道を知らない。道を決めるのは君だ」

道？

知らない、そんなものは。

だって魔王さえ呼び出せばどうにかなるはずなんだ。

力さえ手に入れれば後はどうにだってなるはずなんだ。

「なんでそんなこと言うんだよ！」

魔王は視線を右と左に動かして、ぼそりと言った。

「帰ろうかな」

「え」

「怒られるの嫌いなんだ」

結局カリカは魔王に謝り、今は混乱してるから、ちょっとだけ時間をくれと言って、客間に連れて行った。

まずは自分が落ち着きたかった。

なんだこの魔王。

客間の扉を開ける。木のノブは冷たい。

「今、火を入れるから。暖まるまで私の部屋にいてくれてもいいし」

熾《おき》を取りに行こうとするカリカを、魔王は制した。

「かまわないよ」

そう言って部屋の中に入ると、まっすぐにベッドに向かって身を横たえる。

突然、濃い森の香りがカリカの鼻に届いた。

同時に生木が裂《さ》けるような音と、激しい葉擦《はず》れの音。部屋の中に満ちたそれはほぼ轟音《ごうおん》で、けれどカリカは目を閉じることも出来ずに突っ立っていた。

ベッドが、部屋の中の柱が、塗装《とそう》や飾りを無視してめりめりと音を立て、枝を伸ばして葉を茂らせて、魔王を包む腕の様に葉と枝を形作った。

そしてその中心に、厚く積み上げられた黒い羽根に埋もれるように、魔王がいた。

「決まったら起こしてくれ。少し眠る」

「はい」

あっけにとられ、度肝《どぎも》をぬかれたカリカは扉を閉め、茫然《ぼうぜん》としたまま部屋に戻った。

僕は力だ。

魔王はそう言った。

確かにそうだ。

部屋の中に大樹《たいじゅ》を生やして気に入りの寝所を作るのが簡単なほどの力。

私は力を手にした。

それで。

それでどうする？

わからない。

わからないいんだ、どうしたらいいんだ。

ぐらぐらする頭のまま部屋に戻ったら、鉄色の髪の男がうろうろしていた。

「……何だ」

「いや、全部読んじゃったから。続き。っていうか、ちょっと、アーグステン典とやらが引っかかるんだが関連資料。それと、エッテンデリ派の実践《じっせん》教本とかねぇかなぁ」

言う間も本を漁《あさ》っていた。

これでは相談に乗ってくれそうもない。

カリカは泣きそうな気持ちで言われた本を抜き出して渡して、更に城の書庫の鍵《かぎ》を渡した。

「見つかるなよ」

男はものすごく楽しそうに笑ってカリカに礼を言った。

男をベッドに座らせたまま、カリカは椅子《いす》を戻し、机に突っ伏し、頭を抱えて考える。

考えろ考えろ考えろカリカ。

処刑はもう明日だ。

思いつかなければスーチャは死ぬ。

力はある。

魔王がいるんだなんでもできる。

スーチャを牢《ろう》から連れ出して、どこか南の誰も知らない場所にでも行こうか。

だめだ。

スーチャが望まない。

衛兵が来てお下知《げじ》があって。

驚いて慌《あわ》てるカリカに、スーチャは言った。とても安心した笑顔で言った。

「あいつも、もっと早くこうすればよかったのになぁ」

スーチャはずっとそうだ。

スーチャは自暴自棄《じぼうじき》で酒を飲んで酔っていなければ、何かに押しつぶされそうな男だ。

昔もそうだし今もそうだ。

カリカにはどうしていいのかわからなかった。

でも、たとえば別の世界からスーチャを助けてくれるだれかを呼ぶ、それが出来たら。

おとぎ話みたいに願いをかなえてもらえたら。もうそれしかないいんじゃないか。

カリカはそう思って、魔法陣を自分で作った。

城の膨大《ぼうだい》な魔法書を三年で読破し、そこで得た知識・思考や思いつきをまとめるために作ったノートは、五百冊を越えた。それをまた三冊にまとめ、そして呪文《じゅもん》を一冊にまとめた。

カリカは占いの才能はなかったが、どうやら魔法の才能はあったようだった。

ともあれ魔王を呼ぶのに成功した。

あんなんだけど。

思い出してカリカは鼻に皺《しわ》を寄せた。

でもとにかく、何をしてもスーチャが望んでいないんだから、どうしようもない。

魔王がいてもそうなんだろうか。意味なんてなかったんだろうか。

カリカは困り切って、鉄色の髪の男の前にだらりと立った。

「読んでるとこごめん。魔王って魔力で人の気持ち変えること出来るの」

男は本から視線を離さず、明らかに読み進めながら答えた。

「あいつに出来ねぇことなんかねぇよ」

カリカは渋面《じゅうめん》で、泣きそうなうなり声を上げてから吐き出すように言った。

「でも、それじゃダメなんだよなあ。スーチャが自分でその気になってくんないと。あいつ、ダメな奴なんだよ。生きていたくないって言うんだもん。私はスーチャに生きていて欲しいのに、しあわせになって欲しいのに、あいつがいないと私はダメなのに、人の気持ち変える方法なんかないよなあ」

「いくらでもあるだろ、そんなん」

言われた言葉に驚いて、カリカは目を瞬いた。

「えっ」

「裏切ったり浮気したり、そんな気もなかったのに恋に落ちたり、死ぬ気だった奴があっという間にそんな気なくしたりな。いっくらでも転がってるだろそんな話」

カリカは飛びつくように男に言った。

「えっ、え、なんだそれどうすんだ⁉　頼む教えてくれ、えーと、なんだっけお前名前」

鉄色の髪の男は指を一本立てて、カリカを上目づかいに見て笑った。

「スマート・ゴルディオン様だ。スマートでいい。よーしわかった俺様が素晴らしい知恵をお前に授けてやる」

カリカは獣《けもの》のような速度でベッドに乗り、がくがくと頷《うなず》いた。

「いいか、酒場でもなんでもいいから、人のいるとこで飯食ってこい」

カリカはまた驚いてきょとんとした。

え、とか、う、とか言った後で、変な笑いが出た。

「あの、スマート。何言ってるのか、私にはわかんないんだけど……」

「うるせぇ従え」

「食事なら台所に」

「二回言わせんな」

従うしかなかった。

第二章　そして現れるあなたの謎の花

金はある。

スーチャはあまり金を使わないから余っている。

飾りのように皿に盛られた、毎月城から渡される金貨をつかみ取って巾着袋《きんちゃくぶくろ》に入れ、カリカは服の隠しに入れた。

外出用の毛皮を纏《まと》い、帽子と手袋と襟巻《えりま》きをして、靴下《くつした》と毛皮の靴を履《は》く。

「じゃぁ」

と言って外に出る。

スマートは本から視線を上げず、軽く手を振った。


城を出れば、外は凍るような空気だ。

どこまでも恐ろしいほど透明な空気が満ち、広がっている。

空の星は針のように光を放って、白く見える天の河が二本。ヒリンガ河とカムセーン河だ。今の季節はヒリンガ河が天球の五分の一を覆《おお》っている。カムセーン河は糸のように細い。もう少し冬が進めば、カムセーン河も太くなって夜は更に明るい。

月は地平線の上に出ていて、もうすぐ沈む。今夜は風がないからいい。曇っていた方が暖かいが、晴れていれば星明かりで足下は確かだ。

門兵の小屋を叩いて声を掛ける。

「ムリーナニ」

顔を知っている兵だった。

兵士は小屋のガラス窓を開けるとカリカを見て驚いた。

「カリカ。スーチャは牢《ろう》だろ。酒場に迎えに行くわけじゃないだろ？　どうしたの」

「そうなんだけど。ちょっと。私も外で、ご飯、食べよう、と思って」

兵士は何か、カリカの心情を汲《く》んだ、という表情《かお》をして、窓を閉めると鍵《かぎ》を持って外に出て来た。

二人で歩けば雪が踏まれて軋《きし》む。

城の通用門の錠前《じょうまえ》を開けて閂《かんぬき》を外すと、兵士は言った。

「カリカ。あんたもこれからは……」

「スーチャはまだ死んでないよ」

カリカは腸《はらわた》が沸き立つような怒りを感じて、なんとかそれを抑え、低い声で言った。

ムリーナニに悪気がないのも、カリカを心配してくれたのもわかった。

それでも腹が立った。

スーチャは死んでいない。

まだ。

城を出て見下ろせば、寝静まった城下の町。

そして、こんな深夜でも明るいところに足を向ける。

こんな深夜に開いているのはルシャルク酒場しかない。スーチャのおかげで城下の酒場の全てにカリカは詳しいのだ。


歩いて来るまでにすっかり赤くなっただろう鼻を擦《こす》りながら、カリカは酒場の扉を開けた。

途端に暖かい空気と賑《にぎ》やかなざわめきが身体にぶつかって、それだけで酩酊《めいてい》するような感じだ。

夜道を歩いてきた目には、華《はな》やかに明るい照明。ルシャルク酒場は大きくて、派手で、それなりの格付けの酒場だ。

ホールの天井にはいくつものシャンデリアが煌《きら》めき、その気になったらちょっと気取った舞《ぶ》踏会《とうかい》も開けるだろう。

けれど今は所狭しと置かれた丸テーブルと椅子《いす》に、上着を預けた酔客達《すいきゃく》が陣取って酒と葉巻と賭《か》け事に酔っていた。椅子の後ろを通るのも、声を掛けて椅子を引かせ、すり抜けなくてはならない程の盛況《せいきょう》ぶりだ。

食べ物や飲み物のにおいと人のにおい、葉巻や煙草《たばこ》のにおいに香水の香り。まるで今が深夜だということを忘れているような喧噪《けんそう》だ。

先だっての流行病《はやりやまい》に、都の多くの人命を奪われたのが嘘《うそ》のようだ。

入り口でなじみの青年の店員がおや、と声を上げた。

「カリカ。スーチャは」

「牢だよ。明日処刑。まだ処刑されてないよ」

噛《か》みつくようにカリカは言ったが、青年は苦笑して流した。

「うん、わかってる。でも、だからスーチャはここにいないよ。牢だもの。なのにどうしたの」

「どうした、って……ええと」

カリカは困る。客で入るのは初めてだ。

「……私、その……」

青年は、わかんないけど、という表情で言った。

「ま、ともあれ、毛皮を脱いでさ。食事をしなよ。そう、カリカそういえばここで落ち着いてごはん食べたことなかったよね。スーチャが今、いないなら、ゆっくりできるよな？」

「え、うん」

「じゃぁ」

青年は心から嬉《うれ》しそうな表情でカリカに手を差し伸べ、ホールに向かって、

「ジェラーヤ！」

と呼んだ。

案内係のジェラーヤは、黒髪をぴったり結い上げてお仕着せの制服を着た若い女性だ。若いといってもカリカほどには若くないが、ずっとこの酒場で働いている。

ジェラーヤは人とテーブルの間を縫《ぬ》うようにしてやってきて、カリカに笑いかけた。

「カリカ！　よく来たね」

案内係の青年は、カリカの毛皮を受け取って小部屋の壁に掛け、戻ってきて言った。

「ごはん食べていけるって」

「ああ、そうなの。じゃ、こっちいらっしゃい」

ジェラーヤはカリカに手招きをすると、気をつけてねと声を掛けて客の間を歩いた。

カリカに気がつくと顔なじみのものたちは、なんだか微妙な顔をした。

それにカリカは腹が立った。

なんだ。

何か面白いのか。

スーチャが死んだら、せいせいするのか。

別にスーチャはあんたたちに迷惑なんかかけてないだろ。

そう考えて思い直す。

スーチャの酒癖《さけぐせ》は結構悪かったので、迷惑はかけていた。

カリカだって何度も頭を下げたし、金を握らせて終わらせたことだってある。スーチャが死んで喜ぶものは、結構いるのかも知れない。

カリカはなんだかしゅんとしてしまう。ジェラーヤが導くままに上がっていったら、二階の個室に通された。

一階のとは少し違う絨毯《じゅうたん》とソファ。壁には絵が飾ってあって、隅には造花の花瓶《かびん》があった。冬には花は貴重品だ。

揺れるランプの明かりが綺麗《きれい》だ。

「たまたま空《あ》いててさ。お客さん誰か来るまでいいわよ。何食べる?」

椅子《いす》を引いて言われ、カリカは当惑しながらも腰を下ろした。

「えっと……ごめん、献立《こんだて》、なにがあるかよくわかんないんだけど……」

「お勧めは海老《えび》の煮たのとか。それに香草入りの平麵《ひらめん》つけてさ。羊とたまねぎ焼いた奴も。あとリンクの葉のサラダ。そのあとでクリームと卵混ぜて焼いて林檎《りんご》少しのせた甘いのなんてどう?」

海老の煮たの。

赤いスープで。

ガラノラ湖で獲《と》れる大きな海老で。

スーチャが好きな料理だ。

「……スーチャが、好きなんだよね」

スーチャがうまそうに食べている姿を思い出してカリカは嬉《うれ》しくなる。

「そうね。よく頼むわね。大抵頭を残すのよもったいない。あそこがおいしいのに」

「頭は、うん、私が食べる。いつも冷えちゃってるけど」

ぼんやりする。

どうしてだろう。

お腹《なか》が空《す》いているのかな。

だめだ。

泣くな。

目の前が潤《うる》む。

止められない。

ぼたぼたと涙が落ちた。

「スーチャ死んじゃうの」

口から出たと思ったらそんな言葉で。

ジェラーヤを困らせるだけだろうにそんなの。

「イヤだ」

しゃくりあげて出たのもそんな言葉で。

どうしよう。

何も出来ないから。

どうしよう。

泣くしかできないだなんてそんなの。

「そうね、私もイヤだわ」

ジェラーヤの言葉に驚いて視線を上げる。

ジェラーヤは腕を組んで、静かに怒っているようだった。

「今度の王様がどんな方かはわからないけど、今までいろんな占いを当てて、役に立ってきた占い師を処刑するだなんてわけのわかんないことは、あって欲しくはないのよ」

「……え……」

「そんなにびっくりすることじゃないでしょう」

肩を竦《すく》めてジェラーヤは言う。唇を尖《とが》らせて。

「公平ってやつを望むのは、最近じゃ当然の考え方だわよ？　カリカ、学校はいってないっけ？」

うん、とカリカは頷《うなず》いた。

「とりあえず、涙をお拭《ふ》きなさいな。料理を持ってくるわ。あと……」

ジェラーヤは濃い茶色のあめ玉のような目をくるりと回して、ノブに手を掛け、踊るように外に向かいながら言った。

「お節介《せっかい》をしたら、ごめんね」

きょとんとするカリカを残して、扉は閉まった。

そしてしばらくしてから扉は開き、料理と、料理長と、店の主人と、顔見知りのお運びや案内人達が詰めかけた。カリカの前には結局どっさりと店の自慢料理が並んで、それを食べるカリカの頭上でああでもないこうでもないと会議が始まった。

会議の内容は、スーチャを助けるためにどうしたらいいかという一点にのみ絞《しぼ》られていた。

カリカはとても驚いた。

だって、あの、スーチャの為にこんな。

あるわけないと思っていたし、思いつきもしなかった。

あと海老《えび》が美味《おい》しい。熱いスープが喉《のど》を焼く。

健啖《けんたん》ぶりを発揮するカリカを料理長はにこにこと見やり、林檎《りんご》とクリームのデザートと、濃い紅茶を空《から》にして椅子《いす》の背もたれに身を預けた途端、店主が言った。

「カリカ。私たちが考えたことを聞いてくれるかい」

カリカは飛び出しそうに身を乗り出した。

「何でもします！　私、スーチャを助けたい！」

店主と一緒《いっしょ》にルシャルク酒場を出る。箱に料理と酒の小樽《こだる》を入れて、目立たないように城に向かう。通用口はムリーナニが開けてくれた。カリカはおかえり、と言われ、うん、と頷いた。

こんな深夜に、とは思ったが、少し前からあることだからと店主は言った。

店主と一緒に来たことと、カリカの様子にムリーナニはなんとなく状況を察した様子で、毛皮の帽子の位置を直した。

「ジェラーヤがみんなを焚《た》きつけていたんだ。彼女は正義感が強いから」

歩きながら店主はそう言った。

「それに私だって、スーチャが処刑されるだなんていやなんだよ。顔を見知った人が、理不尽《りふじん》な死に方をするのなんて、いやなんだよ」

振り向かず言われた言葉に、カリカは一度強く唇を引き結んでから言った。

「じゃ、どうして今まで何もしなかったの」

「嘆願書《たんがんしょ》は出したよ」

知らなかった。

恥ずかしい。

身が縮まるようだ。

知らずに責めて。

「でも、カリカみたいに、何でもしますだなんて言えないからさぁ。カリカが言ってくれなかったら、カリカが来てくれなかったら、嘆願書を出したことを言い訳にして、いつか悔《く》いていたろうな」

雪を踏む音に消されそうな店主の言葉を、カリカは目をまん丸にして聞いていた。

大人の男の人がこんな風に話すのを、聞いたことがなかった。店主はしばらくして、また独《ひと》り言《ごと》のように呟《つぶや》いた。

「それにね、この間、人が死にすぎたよ。もう知ってる奴が死ぬのは、もうほんとにもう、いやなんだ」

店主とカリカは、静まりかえった城の中、南の塔《とう》の長い螺旋《らせん》階段を上る。

カリカはごくりと唾《つば》を飲み込む。

だって、ここには王妃《おうひ》の寝所があるのだ。

階段から廊下《ろうか》に入って店主は大きな扉の前で立ち止まり、扉を叩いた。

「お入り」

権高《けんだか》な声がして、扉を開けると、中には背筋を伸ばし、つんと顎《あご》を上げた姿勢の侍女が数人いた。

異国の顔立ちをしていたので、先月結婚式を挙げた、異国の王妃が連れてきた侍女達だとわかる。

細くしなやかな、猫のような体つきと細い目。

彼女たちの視線の中、店主とカリカは中に入った。

「お待ち。店主。その子は?」

鞭《むち》のような言葉に、カリカはびくりとする。

「ハァ、あの、実は……明日処刑される予定の占い師の側仕《そばづか》えの子なんですが……折り入って王妃様におねがいが」

恐縮しつつ言われる店主の言葉に、侍女の返事はにべもない。

「帰りなさい。殿下のお耳を煩《わずら》わすのではない」

カリカは一度きつく目を閉じてから女官の顔をはったと見据《みす》えた。

「スーチャを助けたいんです！　お願いします、殿下にお話しを」

「なりません」

「おっ、おねがいします」

また泣きそうになる。情けない。なんなんだ。せっかく魔王を呼び出したのに。スマートに言われたとおり外でご飯を食べたのに。

「おねがいします、おねがいします」

「なりません」

突っぱねる侍女の声を遮《さえぎ》る様に、奥の方から楽しげな声が響き、衣《ころも》のすれる音がした。

「よい、タニニミヤ。余興《よきよう》じゃ。店主は下がりゃ。娘、お前はこちらにおいで。わらわは夜眠らぬから、つきあうがよい」

奥から現れた女性を見て、カリカは平伏するのも忘れてぽかんと見入ってしまう。

額《ひたい》の真ん中でまっすぐに切られた銀に近い灰色の髪。後ろは腰の上まで伸ばされ、こちらもまっすぐに切られている。目は夏空のように真《ま》っ青《さお》で、肌が浅黒い。

婚儀《こんぎ》の式典の時に、遠くバルコニーに見た異国からの花嫁。

「必要ならば名乗ろう。わらわはユウレルダヤ・フクニヤ・ルーランテウ。この国の王妃《おうひ》である」

「知ってますよ」

その声は泣きそうで、悲鳴のようだった。

ユウレルダヤは面白かったらしくけらけらと笑った。


王妃ユウレルダヤは、隣の部屋にカリカを誘った。

毛足の長い絨毯《じゅうたん》と、信じられないほど暖められた室内。

絨毯の上には心地よいとても上等な、細かに織《お》られた木綿《もめん》の薄い布が何枚も敷かれ、それは絹のような光沢《こうたく》を放っていた。

「我が国の特産じゃ。この国にはまだ、わらわが持ち込んだものしかないようじゃの」

ユウレルダヤは床に置かれた大きなクッションに身を沈めた。

ユウレルダヤの服は締め付けるところがない夜の着物だったが、美しい布地というのはこうまでその人の美貌《びぼう》を際《きわ》だたせるものかとカリカは心底感嘆《かんたん》する。

動くたびに出来る皺《しわ》のひとつひとつが宝石を連ねた飾りのようだ。裾《すそ》と胸元には、金の鳥と若い枝の刺繍《ししゅう》が入っていた。

先刻タニミヤと呼ばれていた女官がカリカに耳打ちをする。

「着替えなさい」

「え」

驚くカリカにユウレルダヤがにやにやと言う。

「この部屋は暑かろう？　なに、遠慮《えんりょ》はいらぬよ。同性のものじゃ」

「ええっ」

カリカは耳まで赤くなった。

「私、そんなに女っぽいですかっ」

言われたユウレルダヤは顎《あご》を上げて目を笑いの形にではなく細くし、んん？　と軽く首をかしげた。

「娘のようでは困るのか」

「……困る……というか……」

「ん？」

「出来れば、私は男の方がいい、ので」

ふむ、とユウレルダヤは息を漏《も》らすと言った。

「タニミヤ」

「はい」

「剝《む》いてしまえ」

「はい」

「えー!?」

　タニニミヤの返事とカリカの驚きの声が重なる。そしてタニニミヤはてきぱきとカリカを裸にしてしまった。流石《さすが》に下着だけは残されたが、ほぼ全裸《ぜんら》に近い格好でカリカはユウレルダヤの前に立った。

　部屋は暖かかったけれど羞恥《しゅうち》に身が縮こまる。

　誰にも見せたことがないけれど、最近胸も膨《ふく》らんできたし、肩も丸いし、腰もくびれて、尻も張ってきた。手足も細く丸くて、同じ年の少年達のそれとはどうしても形が違う。

　ユウレルダヤはにやにや笑ったままカリカを見ながら言った。

「それで、どうして娘では困るのだ?」

　俯《うつむ》いて、なんだか忙《せわ》しなく瞬きをしながら、カリカはしどろもどろになって答える。

「だ、だって、スーチャに、恋人や、奥さんが出来たら、女だと困るから」

「……スーチャとやらは、お前がおなごだと知っているのであろう?」

「はい。で、ですけど、私とスーチャは、恋仲とかでもないし、年も離れているし」

　ユウレルダヤはひどくゆっくりと瞬きをすると、首を巡らせ、ふ、と鼻で笑った。

「なるほど。よいよい。ともあれ明日の処刑を中止させればよいのだな?」

「はい」

カリカは髪が鳴るほど強く頷《うなず》いた。

「中止かどうかはお前次第だが、ともあれ陛下に進言するがよい。タニミヤ」

「はい」

「おやり」

「はい」

話の流れについて行けず茫然《ぼうぜん》とするカリカの両肩を、タニミヤはがっしり摑《つか》むと部屋の奥に連れていき、何人かの侍女達と共に服を着せ髪を梳《す》き化粧《けしよう》をさせた。わけがわからずぎゃあとかうおうとか変な声をあげるカリカの、視線や動きでの訴えは全て無視された。

そしてあっという間に支度《したく》は済んで、カリカは再びユウレルダヤの前に引き出された。

ユウレルダヤは先刻ルシャルク酒場の店主とカリカが持ってきた酒を口にしながら、満足そうな、そして何を考えているのかわからない深い微笑《ほほえ》みを浮かべて言った。

「よし」

王は寝所でまんじりともしない夜を過ごしていた。

明日はスーチャの処刑の日だ。

スーチャは何も言ってこない。

命乞《いのちご》いのひとつもしない。

それの何がこうまで苛々《いらいら》させるのか、王自身にもわからない。

深い青色の布が掛けられた寝台に座り込んで、小刻みに爪を噛《か》む。

ふわりと空気が動いた。

懐《ふところ》に呑《の》んだ短剣を摑《つか》む。

星明かりを採《と》るためにカーテンを開けた窓の傍に、少女が一人立っていた。

量の多い灰色の髪を二つに分けて結って垂らし、上からリボンを巻いて飾っている。額を出して、黒い眉《まゆ》と瞳をみせつけるその髪型は、王が子供の頃に育った地方のものだ。

胸元が空《あ》いた長袖《ながそで》のドレスを着ていた。

乳白色《にゅうはくしょく》に、焦げ茶のリボンの縁飾りのドレスだ。

王はしばらく呆気《あっけ》にとられて見つめていたが、はっと気を取り直して口を開いた。

「衛兵！」

「占い師を殺さないで」

言葉が重なった。

少女の視線と王の視線がぶつかる。

「……なんだと？」

「占い師を殺さないで」

少女は同じ事をもう一度言った。

「陛下が望まれるのなら私はまた明日ここに参ります。でも、占い師を殺したら来ません」

「……何を言っているんだ？」

短剣を握りしめ、今何が起こったのかわからずに混乱する王を残し、少女はそれ以上は何も言わず出て行った。

第三章　王妃のたくらみ

廊下《ろうか》に戻ったカリカは、待っていたユウレルダヤとタニミヤ、そして衛兵に迎えられた。

衛兵は声を潜め、脅《おど》すようにユウレルダヤに告げる。

「妃殿下《ひでんか》。このようなことは二度と」

「お黙り、エルスウラ」

低い声音《こわね》でぴしりとユウレルダヤは言う。

「これは芯《しん》から陛下の御為《おんため》の事じゃ。お前も得心《とくしん》したからここを許してくれたのであろ。ならばもはや、信じるべきはわらわを信じたお前の心じゃ」

そしてユウレルダヤは力強い視線で衛兵を見ると微笑《ほほえ》んだ。

「案ずるな。わらわは陛下の妻である。陛下を害することは、わらわ自身を害することだと、確かに理解しておる……。そして陛下はこのままではいけないということも」

エルスウラと呼ばれた衛兵は、苦く目を細めると僅《わず》かばかり頭を下げた。ユウレルダヤは微笑む。

「さ、これからお前の出番じゃ。陛下に呼ばれ、何かなかったかと聞かれたら何もなかったと答えるのじゃ」

そう告げるとユウレルダヤはその場を去り、タニミヤとカリカもその後を追った。

今、衛兵にユウレルダヤが告げた言葉の意味をカリカは考える。

どういうことだろう。

自分がやったことが、陛下にもいいことなのだろうか。

陛下は何を考えていて、そして王妃《おうひ》様は何を考えているのか。

何か考えあっての事なのだろうか。

ユウレルダヤの部屋に戻ると、カリカは事の子細《しさい》をしゃべらされた。

あまり言うことはなかったが、ともかく事細かに話をさせられた。

けれどカリカが何か言うたびに、ユウレルダヤが口元を押さえてひくひくと笑うので、王妃様は陛下のためとかいうより単純に面白がっているんじゃないかとカリカは思った。

「ああ、おかしい！　あの陛下がそんな」

「とてもぽかんとしてまして」

またしばらく笑って、目元に浮いた涙を指で拭《ぬぐ》ってユウレルダヤはひぃひぃ言いながらなんとか息を整えた。

「……ああ、こんなに笑うたのは久しぶりじゃ。お前、明日の夜、またここにおいで。明日は酒もいらぬ」

　ユウレルダヤの前で、元の服に着替えさせられながら言われ、カリカはえっ、と息を詰まらせた。

「なんじゃ。占い師を助けたいのであろう」

「……こんなんで、陛下は処刑をやめてくださいますか」

「わらわを疑うか」

　そりゃそうだ。わけが分からないもの。

　そう思ったカリカの心は表情に出てしまっていたようだ。ユウレルダヤはふんと鼻を鳴らした。

「王妃に向かって不敬《ふけい》この上ないな。まぁいい。わらわの名に於《お》いて請け負おう」

　カリカはユウレルダヤと視線を合わせて、ぎゅっと唇を引き結んだ。

「間違いなく占い師は、明日の夜までは生きながらえる。明日またおいで」

　多少髪がさらさらになって、香油の香りがする以外はまるきり元の姿に戻されたカリカは、ユウレルダヤの言葉に頷《うなず》いた。

　そこまで言うなら。

　今のところ信じるしかないし。

　そうだ、と思いついてカリカは言った。

「妃殿下《ひでんか》」

「なんじゃ」

「お酒とか、お城の厨房《ちゅうぼう》にたくさんありますよね」

「この城の倉の様子まではまだ知らぬがな。あるであろうの。それが？」

「どうして外の酒場のを届けさせるのですか？」

純粋な疑問だった。

だって、一声かければこの国で一番いい酒なんか、いくらでも飲めるだろうに。

ユウレルダヤは顎《あご》を上げ、目を閉じると息を長く吐き、それから言った。

「民を理解するには、手っ取り早いと思ってな」

「……え」

「城下のものが何を食べ、何を飲んでいるのかも知らずにいるのも、阿呆《あほう》のようであろう」

「……なんで？　ですか？」

「わらわはこの国の王妃で、そしてこの国に来たばかりで何も知らぬからじゃ。そして今が冬で、寒いから外に出るなと陛下が仰《おっしゃ》るから」

カリカは無意識にうんうんと頷いて、それから感想を述べた。

「なんか、妃殿下っていうのも色々面倒くさいんですね」

うんそうそうとユウレルダヤは頷《うなず》く。

「そうなのじゃ。春になったら、忍びで色々食べ歩こうと思っている」

楽しみじゃな、早う春にならんかなとユウレルダヤは呟《つぶや》き、カリカは曖昧《あいまい》に頷いて部屋を辞した。

部屋を出てから、妃殿下は食べあるきが趣味なのかしらと首をかしげた。


酒場に戻って色々訊《き》かれたが、詳しいことを話すわけにも行かず、とりあえず明日はスーチャは大丈夫《だいじょうぶ》だと言って、カリカは部屋に戻った。

スマートはいなかった。

魔王はどうしているかなと思ったが、毛皮を脱いでベッドに横になったらもう起き上がれなかった。

気を失うように眠った。


扉が強く叩かれる音で目が覚めた。

ベッドに倒れたときのままの姿勢だった。あかない瞼《まぶた》ごと拳《こぶし》で目を擦《こす》りながら、ベッドを下りる。上掛けを被《かぶ》り損《そこ》なったらしく、身体の芯《しん》が冷えていた。暖炉《だんろ》の薪《まき》はまだ燃えていたが、火は細くなってしまっている。

「待って、今行く」

扉の向こうに声をかけ、暖炉を火掻《ひか》き棒《ぼう》で掻いて火を大きくし、薪を入れて火掻き棒を戻し、室内用の肩掛けをかけて扉を開ける。

立っていたのは顔見知りの配膳《はいぜん》係だ。スーチャとカリカに食事や、食事の材料を届けてくれるカリカと同じ年頃の少年だった。ここには台所もあったが、城の台所に頼んで届けてもらうことも多かった。彼は城のお仕着せの制服を着ていて、肩までの黒髪をきつく後ろで結んでいる。

「リレイク、おはよう」

リレイクと呼ばれた配膳係の少年は、興奮した面持《おもも》ちでカリカの肩を掴《つか》んだ。

「カリカ、挨拶《あいさつ》どころじゃないよ！　スーチャの命が延びたんだ！」

「えっ」

驚いて目を瞬かせるカリカに、リレイクは嬉《うれ》しそうに笑いながら告げた。

「陛下が処刑は延期するって仰《おっしゃ》ったんだ。なあ、ちょっと行こうぜ。食堂は今その話で持ちきりだ」

言うとリレイクはカリカの手を掴《つか》んで早足で歩き出す。

カリカも早足で歩き、しまいには飛ぶように駆けた。

城の食堂は、朝食をとる者達でいっぱいだった。食堂はいくつかに分けられていて、それぞれ職業や階級で場所が違っていたが、ここは一番雑多に人々が集まる場所だった。人数に対して椅子《いす》は足りておらず、立ったまま食べる者達がいるのはいつもの事だったが、今日はいつも以上の熱気があった。

そして誰かがカリカの登場に気がつくと、わあっと取り囲んだ。

口々によかったな、とか、イヤイヤ逆にカリカはまた大変かも知れねぇ、とか、軽口も出て、笑いが起こった。朝からみんな酔ってでもいるようだった。

「えっと、ねぇ、どういう事？　リレイクからスーチャの」

命が延びた、ということはきっと処刑が延期されたということだ。

人々の明るさからそれを確信として感じ取って、喜びに頰《ほお》を染めながらカリカは周りの人間達に訊く。

彼らはそれぞれ自分が話そうとするので、カリカは忙しく視線をあちこちに向けなければならなかった。

「朝のお下知《げじ》で」

「陛下がスーチャの処刑は今日は取りやめるって」

「スーチャの食事もね、今日の三食作っておくようにってお達しが」

「なんでなんだろうなぁ急になぁ」

「誰か、陛下のご気性とか知らねぇか。こちらに来られてまだ三ヶ月だもんなぁ」

「リンクヴァのお生まれだって」

「あんまり無体なこともなさらねぇと思ってたが」

「まぁ今のとこ、ちゃんとがんばって勉強されて」

「戴冠式《たいかんしき》も結婚式も立派なもんだったよなぁ」

カリカはたまらず、爆《は》ぜるように言った。

「スーチャは助かるのかな⁉」

その言葉には、けれど場が水を打ったように静まり返り、やがて誰かが重く口を開いた。

「……そりゃぁまだわかんねぇよ。何で今日延期になったのかもわかんねえんだから……」

でも。

でも希望はある。

カリカは胸の前で拳《こぶし》を握る。

それに何故延期になったのか、カリカは知っている。

今晩も、陛下は、あの焦げ茶のリボンの縁飾りのドレスの娘に会いたいんだ。

だったら会える。

それからは多分私次第だ。

私なら。

私なら大丈夫だ。

私は絶対スーチャを助けるんだから。

「スーチャに、食事はもう運ばれたかな」

希望に満ちて紡《つむ》がれたカリカの声は艶《つや》やかだった。

誰かがまだじゃねぇかな、と言ったので、カリカは自分が運んで行っては駄目《だめ》だろうかと掛け合うために、牢《ろう》に向かった。牢番の許可を得て、温かい野菜と羊肉の赤いスープと、黒パンとチーズを盆に乗せて再度牢に赴《おもむ》く。

牢は、それほど寒くはない。

中央のストーブには火が赤々と燃え、それを取り囲むように牢が作られている。

スーチャの牢に行くと、カリカは鉄格子《てつごうし》の隙間《すきま》から食事を滑らせて中に入れた。

「スーチャ。私だ。カリカ」

スーチャは牢の隅で、布団《ふとん》にくるまって眠っていた。ごそりと音がして、顔が向けられたようだったが、そこは暗くてわからない。

「カリカ」

掠《かす》れた声だった。

「今日は処刑はなしだって。ごはん食べて」

「ああ」

言いはするが動きはない。

カリカは哀しい気持ちになる。

「スーチャ」

「処刑なら、今日されたってよかったんだけどな」

「……スーチャ」

「俺の部屋のものは全部お前にやるからって言ったっけか」

「聞いた」

「食事は、あとでするよ」

カリカは先刻までの明るい気持ちが小さく萎《しぼ》んで、代わりに胸が真っ黒に塗りつぶされた気持ちになった。

スープの鉢《はち》を蹴《け》り飛ばしたかったが、もう中に入れてしまって届かない。

「ばか」

カリカはそう言うと止められず泣いた。

スーチャは身動きひとつしなかった。

カリカは掌《てのひら》で涙を拭《ぬぐ》うと立ち上がって牢の前を去った。

城の書庫はいくつもあって、全《すべ》ての部屋には天井までぎっしりと本が詰め込まれ、はしごがかけられている。

凍えるような書庫には今は誰もいない。

一時期ほど魔法使い達は勉強熱心ではないし、そもそも若い魔法使いはほぼいない。このまま魔法は廃《すた》れてしまうのではないだろうかともっぱらの噂《うわさ》だ。そこへもってきて今回の流行病《はやりやまい》の猛威《もうい》。比較的早く対処法がわかったので、都だけで被害が済んだのは幸いだったが、城仕えの魔法使い達も多く命を落とした。

この書庫は魔法関係の書物を集めてあるところだ。

あたりを見回しながら足を進めるカリカは、一段のはしごの上に視線をやる。

毛皮も着ないで、軽装で、まるで春の日向《ひなた》にいるような様子で、鉄色の髪の男は悠然《ゆうぜん》とはしごに腰掛けていた。正確に拍子《ひょうし》を刻む音楽家のようにページをめくっていく。

「スマート」

小さな声で呼びかけたら、本から視線を離さずに、

「うん」

と返事が落とされた。

ぐすっと洟《はな》を啜《すす》り上げると問われた。

「どうした」

「そんなかっこで寒くないの」

「ああ。主義じゃねぇけど、ちょっと暖かくさせてもらった」

どうやってだろう。

魔王の連れだからなんかあるんだろうな。

スマートの視線は相変わらず本だ。

「ちょっと、話していいかい」

「ああ。処刑はどうなった」

「延びたよ。あんたのおかげだ。ありがとう。あの……ああなるのがわかってたのか？」

「ああって？」

カリカは顔を上に向けたまま話した。少し首が痛い。

「酒場に行ったら、みんながスーチャの処刑はおかしいからどうにかしたいって言ってくれて、王妃様《おうひ》に逢《あ》わせてくれた。王妃様は私にドレスを着せて、王様に逢わせてくれて、それで一言だけ言ってすぐ帰って来いって言った。私はその通りにした。そしたら処刑が延びたんだ。どういうことかなぁ。わかんないんだけど、今夜も行くんだけど」

「そりゃおめでとう。よかったじゃねぇか」

「……うん……」

スマートは本を閉じて棚《たな》に戻した。

「おいカリカ」

「はい」

「落とすなよ」

何を？　と思ったが、問う前にどさどさと本が落ちてきて、カリカはうわぁと声を上げ、必死で受け止めた。

「床に置け」

言われて必死で床に置いて積み上げ、腹立ちのままに、
するんだと言い終わる前に、

「おいスマート何」

「次行くぞー」

と言われてまた本が落ちてきて受け止めた。

本は貴重品だ。ここにしかない本だってある。破損したら洒落《しゃれ》にならない。

カリカは焦りに息を切らしながら、本をきちんと揃《そろ》えて床に置いた。

「俺腹減ったよ。なんか食わして。あとケツ痛い」

いつの間にか降りていたスマートが、本の山をひとつ持って言った。

「ちょっとおい！　本は大事に扱ってくれ！」

「ハイハイ」

それで、こっちの本の山は私が持つのか、と思ってカリカは溜息《ためいき》を吐いた。

「簡単なものでよければ私が作るから。私の部屋にいてくれ」

「肉がいい」

「羊でいいか」

「いいね」

本の山を持って、二人は歩き出す。

扉をスマートに閉めさせ、鍵《かぎ》をかけさせてからカリカは人気《ひとけ》のない廊下《ろうか》を選んで歩く。

食事の時間に食堂に行けば感じないけれど、城の人間もずいぶん減った。

地面が凍って埋められないから、大勢焼かれた。石炭屋は儲《もう》かっただろうと誰かが苦く軽口を叩いたら、石炭屋は冗談じゃねぇ、来年はどうするんだと吐き捨てるように言った。

今は新王の即位と婚儀《こんぎ》に都はまだ沸き立っているが、落ち着いたらどうなるのだろう。

不安を払うようにカリカはスマートに言った。

「それで、どうなんだよ。わかってたのかよ」

「何がー」

「だから、こうなることが」

「別にー」

緊張感のないスマートの返事にカリカはきょとんとする。

「まぁいい方に転んだみたいでよかったな」

「なんだよそれ」

「落ち込んでても仕方ねぇから、とりあえず外出て飯食ったらちょっとはパッとした気分にもなんだろって、フツーの事言っただけだけど。俺は」

それは。

うん。

確かに普通のことだ。

カリカは絶句した後、全身の力が抜けそうな気分で言った。

「でも、お前、わざわざ召喚《しょうかん》されて別のとこから来たんだから、もうちょっと凄《すご》いこととか言えないわけぇ？」

「はっはっムリムリ。ナイナイ」

後ろから蹴《け》り飛ばしてやろうかと思ったが、ともかく今日のスーチャの延命は、間違いなくスマートのおかげだからやめた。

一番いい羊肉のたれ漬けを窓の外から掘り出して焼いてやった。

スマートはがつがつ食べた。

よく食べるのでカリカは嬉《うれ》しかった。

「スーチャはでもさ、喜んでないんだ。生き延びたことを」

「あ、そー。結構やな奴な」

「そうなんだよねぇ。やな奴なんだよ」

カリカは深く長く溜息を吐いてから気がついてスマートに言った。

「スーチャの悪口言うなよな」

「あー悪い悪い」

あからさまに適当に相槌《あいづち》をうたれたので、カリカは卓上にあった塩の小瓶《こびん》の蓋《ふた》を取って、スマートの肉の上で逆さまにした。肉の上に塩の山が出来た。スマートが悲鳴をあげたが、カリカは横を向いて話を続けた。

「なんでああなんだろう。私には何にも話してくれないし」

「俺のー！　俺の肉ー!!」

「昔からああだし今もこうでさぁ。誰に訊《き》いてもわかんないっていうしさぁ。知ってそうな人はスーチャ自身に訊けっていうし、この間軒並《のきな》み死んだし」

「おいカリカ、肉、食えねぇよ肉！」

「真面目《まじめ》に話聞く気あるの」

「ねぇよそんなもん！」

「はァ!?」

「昔なんかあったんだろ。聞き出すのはお前の役だろ。俺の肉を塩ッ辛《から》くすんなよ！」

カリカはかあっと頭に血が昇った。

「あんたは私が呼び出したんだから言うこと聞けよ！」

「えーやだー。そんなん魔王に言えよ。まだ寝てるけど」

「寝っ放しじゃないか！」

「俺が知るか」

「私はもっと知らないよ！」

「なーカリカー肉ー」

「竈《かまど》にシチューが作ってあるから足りないならそれ食ってろ!!」

カリカは怒鳴り、腹立ちを押さえきれず怒りのまま飛び出して城の廊下《ろうか》を走った。

なんなんだ、どいつもこいつも勝手ばっかりしやがって!!

あまりに腹が立って涙が溢《あふ》れてきた。

どこに行く当てもなかったので、駄目《だめ》で元々と王妃《おうひ》の塔《とう》に足を向けたら、タニミヤが偶然廊下を通りかかった。

そしてタニミヤはいつもの慇懃《いんぎん》な態度と表情で、自分の毛《け》織物《おりもの》のマントをカリカに被《かぶ》せて見つからないように歩き出した。

「タニミヤ様……？」

「ユウレルダヤ様とあなたが繋《つな》がっていると誰かに見られたら噂《うわさ》になります。くれぐれも見つからないように」

「……はい」

けれど、それなら知らぬふりをして追い返したって。

「それと。泣き顔で歩いていてはいけません」

みっともないからかな。

惨《みじ》めな気持ちでカリカはは い、と答えた。

「ユウレルダヤ様は今勉学のお時間です。私の部屋で温かい飲み物と、何か甘いものを食べなさい」

その言葉が意外で、カリカは目を瞬く。

タニミヤはふう、と息を吐き、優しい声でカリカの頭をマントの下で撫《な》でて言った。

「女の子は、外で泣かないのよ。いいこと。涙を見られて誰かに恋をされたら大変ですもの」

タニミヤの言葉にカリカは心底驚いた。

第四章　働かざる者

タニニミヤの部屋は異国風の調度《ちょうど》で、小物や家具のひとつひとつがカリカの目に新しかった。

暖炉《だんろ》に薪《まき》をくべて、沸かした湯でタニニミヤは茶を入れてくれた。

渡されたカップに入ったその茶は見たことのない色をしていた。黄色だ。そこにタニニミヤが壺《つぼ》からひとつ青い花を取り出して落としたら、お茶の色が桃色になった。

「わあ、綺麗《きれい》」

思わず声を上げたカリカに、タニニミヤは焼き菓子をひとつ皿に乗せて出した。

「どうぞ」

「ありがとうございます」

カリカは礼を言って、お茶を飲んだ。胸を香気が洗い流すようだ。気持ちがいい。

「それで……」

お茶を入れる間、カリカがずっとブツブツ言っていたカリカの事情を、タニニミヤは自分で要約して話す。理解に間違いがないようにだ。

「……その、あなたの主人の占い師を助けるために、貼り紙をして募集した助っ人《すけと》さん達が全く働かないので困っているのね？」

まぁ。

まさか召喚《しょうかん》したら来た魔王とその連れが、とはなんとなく言いたくなかったし、それが働かないなんてあり得ないからこう言ったわけだが、言い換えたところで、やっぱり事態はあんまりだとカリカは再認識した。

魔王はほんと寝てばっかりだし、スマートは本読んでばっかりだし。

「困っている、というか。……来てくれたんならもっと積極的に助けてくれたらいいじゃないですか。と、思うんだけど、勝手なんだもん。あの人たち」

「でも、あなたも他の人に頼ってばかりではいけないわ」

タニミヤは衣を鳴らしながら椅子《いす》に座る。その身ごなしの端正さにカリカは見とれた。

「どうしたらいいのかわからなくって」

素直な言葉が口からもれる。

さっき、頭を撫《な》でくれた。

いつもならそんなことはスーチャ以外に許さないし、スーチャもそんなことをしてくれたことは数えるほどしかない。

頭を撫でてくれた。

それだけで、こんなにこの人を信じたくなっている自分を、カリカは恥じたが気持ちが止められない。

タニミヤが苦笑した。

「……妃殿下《ひでんか》があなたを使ってしておられることは、あなたの為にもなると思うの。なにより、こうして一日処刑が延びたわけだし。それは信じてね」

「信じます。でも、私は、私が何をしているのかよくわからないんです」

「その、あなたが雇った助っ人さんたち？　もう帰ってもらったらどうかしら。いなくてももういいと思うわよ」

もっともだ。

でも。

そもそも外に出てメシ食えって言ってくれたのはスマートだし。

彼らが来てくれなかったら何にも変わらなかったのも事実だし。

そこまで考えてカリカは寝たままの魔王と、本を読んでばっかりのスマートに自分が感謝していることに気がついた。

でも、スーチャがまだ捕らえられている今、ありがとうとはまだ言えないし、正直彼らがほぼ働いていないのも事実だ。

「でも、なんか、このままじゃ癪《しゃく》なんで……なんとかして働かせたい気もするんです」

タニミヤがじっと自分を見つめているのに気がついて、カリカはかぁっと全身が熱くなった。

呆《あき》れられたかな。

賎《いや》しいと思われたかな。

そう思いついたらもう消えてしまいたかった。

「わかるわぁ。そりゃそうよねぇ」

けれどタニミヤはそう言って、深く深く頷《うなず》いた。

意外な返事に目を瞠《みは》るカリカに頓着《とんちゃく》せず、タニミヤは短く愚痴《ぐち》を漏《も》らす。

「私もあるのよそういうこと……。ほら人を使う立場でしょう、私……」

そう言ってこめかみに手を当て、溜息《ためいき》を漏らす姿は商店か何かの夫人のようで、カリカは安心して菓子を食べた。

「あっおいしい」

「そう。よかったわ」

タニミヤが笑う。

カリカも嬉《うれ》しくなった。

「カリカさん、あなたこの後用事がおあり?」

タニミヤに訊かれ、カリカは首を横に振る。

「いいえ」

スマートが夜食べるだけのシチューもあるし、パンだってあるし。彼は腹が減ったら適当にするだろうし。魔王は寝てるし。

「ないです」

「そう」

タニミヤが微笑《ほほえ》んだ。

「妃殿下がお戻りになったら、あなたがいらしていると伝えるわ。妃殿下も忙しいけれど、同時に退屈しておられるから、どうか相手になって差し上げて」

カリカは言われてぽかんとする。

「……私が？」

「そうよ」

予想通りの反応だと言うような笑みで、タニミヤは続けた。

「妃殿下は立派な方よ。……まぁ、ちょっと……」

間《ま》が空《あ》いた。

まるで、何か当たり障《さわ》りのない表現を探しているような間だった。

「……」

タニニミヤの唇が僅《わず》かばかり動いてから言葉が紡《つむ》がれる。

「……あれですけど」

思いつかなかったようだ。

「ローラントに来てからあなたが初めての友人ですの。仲良くして差し上げてね」

そ、そんな、もったいない、と恐縮しながらも、カリカは立派な妃殿下のちょっと、な部分に大いに不安を感じる。

少ししてからユウレルダヤが戻ってきた。

ユウレルダヤはカリカがいるのを見て喜び、けれどまだ勉学の時間が残っているからと残念そうに別れ、タニニミヤにカリカを風呂《ふろ》に入れて髪を整えるようにと告げた。

言われたとおりにカリカは風呂に入れられて髪を整え、香油を塗られたりクリームをすり込まれたりした。

タニニミヤの手も指も優しい。

気持ちがよかった。

「スーチャというひとのために、美しくしようとは思わないの？」

心にするりと忍び込むような声音《こわね》で言われ、カリカはつい無防備に答える。

「……スーチャは、いつか誰かと結ばれるんだ。でも私はそれでもスーチャの傍にいたいから、こうしている。……女っぽくなければ、スーチャの奥さんになるひとも、私が傍にいるのをきっと許してくれると思って」

「まあおかしい」

タニニミヤは笑う。

「私だったらそんなの絶対あり得ないわね。私より夫のことを知っていて、理解している娘さんを傍に置くだなんて」

全身を殴《なぐ》られたような衝撃があって、湯上がり、簡素な衣服で手足にクリームを塗られているカリカは息を詰めた。

カリカのそんな様子を見ても、気に留めたようでもなくタニニミヤは言う。

「だからあなたがスーチャさんの奥様になればよろしいんじゃなくて？」

「……だって、私はまだ子供だし、き、きたないし……みにくいし……」

自分で言って胸が潰《つぶ》れそうだ。

戦《いくさ》で家も親も村も失って都に流れ着いて。

きたなくてみにくい子供。

そんな子供がこの街にはあのころたくさんいて、自分もそのひとりで。

街の大人や子供たちがそう言って石や、あるいは金を投げつけた。

ひょっとしたら金を貰《もら》えて食事が出来ると思えば、そんなことを言われても平気だったし、実際商店の飾り窓に映る自分は確かにきたなくてみにくかった。

手を伸ばしてくれたのはスーチャだけだ。

広場の鳩《はと》。

あの、スーチャと出逢《であ》った日、広場に鳩がいて、今もいる。よく晴れていた。いつでも思い出す。手を引いてくれたスーチャの熱いてのひら。

タニニミヤはカリカの手を取って椅子《いす》から立たせ、鏡の前に連れて行った。

そしてカリカが着ていた服を脱がせて全裸《ぜんら》にすると、カリカの灰色の髪を梳《くしけず》って額《ひたい》を出し、部屋の花瓶《かびん》から花をとって髪にいくつか挿《さ》した。冬のさなか、温室で育てられる花。花は白と桃色の小さな花がいくつも穂のように連なる花で、カリカはこの花の名前を知らなかったが城内でよく見はしていた。

「ご覧なさい」

タニニミヤは言う。

「どこがきたなくてみにくいの？」

カリカは驚いて目を見開く。

鏡の中の自分は、するりと伸びた手足と、膨《ふく》らんだ胸と腰つきの、美しい娘だった。

ユウレルダヤがへとへとになって戻ってきたのは、日が沈んでしばらく経ってからだった。

「ああもう、ほんに忙しい。わらわに知恵を授けてくれるはずの夫人達がみんな死んでしまっている。文献《ぶんけん》を漁《あさ》り、城のものの知恵を借りねば伝統が守れぬとは！　そのぶん要らん諍《いさか》いもないが、あー！　忙しい！」

身体《からだ》を締めるところのない部屋着に着替えながら、ユウレルダヤは嵐のような勢いで文句を垂れ流す。

桃色のドレスを着て髪を軽く結い、髪飾りをつけたカリカは目を丸くしてユウレルダヤを見つめた。

「カリカ、夕食にはつきあえるな？　この国の話をしてくれ」

タニミヤに髪を整えられながらユウレルダヤは言い、カリカはびくんと息を呑《の》んだ。

「えっ。なんで、こんなかっこうしてるのに、私だっておわかりに」

ユウレルダヤはふっと笑った。

「ばかもの。わかるよ。まぁ、しばらくは今までの格好のまま過ごすがいい。案外、人間というのは外側や体裁《ていさい》に目が眩《くら》むものだからな。さぁ食事だタニミヤ！」

カリカはユウレルダヤには驚かされるばかりだと思う。

目の前で展開されている食事ぶりにも驚く。

ものすごく優雅に、けれども素早く、そして大量にユウレルダヤは食べていく。

お付きの侍女たちも心得たもので、鉢《はち》にスープが無くなれば別の味のシチューを出し、魚料理が無くなれば肉料理を出した。民の食卓にはこの季節野菜が不足するが、城の王族達の食卓には温室で育てた野菜が途絶えることはない。その貴重な野菜を鉢《はち》に二つ、生のまたれをかけてばりばりとユウレルダヤは食べる。

カリカは求められるままに生活の話をする。

そうは言っても、スーチャに拾われてからはずっと城の下働きとしての生活しか知らないが、うわさ話や城で働く誰がどんな人かなど、ユウレルダヤは楽しそうに訊いてくれたのでカリカは嬉《うれ》しかった。

「カリカはあまり食べないな」

と言われたが、つられて少し食べ過ぎてしまったくらいだった。


真夜中に近くなって、カリカは国王の部屋に赴《おもむ》く。

昨日と同じ焦げ茶のリボンの着いた乳白色《にゅうはくしょく》のドレスに、特徴的な髪の結い方。毛皮の靴《くつ》は暖かく足を包んだ。

僅《わず》かだけ開けた扉から、するりと身を滑り込ませる。

途端に手首を摑《つか》まれ、中に引き込まれて扉を閉められ、あっという間に鍵《かぎ》をかけられた。

「……っ！」

「今夜は逃がさんぞ」

青い瞳で見つめられ、囁《ささや》くように脅《おど》される。

カリカは金髪の若い王を身を硬くして見上げた。

「来い」

抱き込まれ、引きずられるように連れられた先には、溢《あふ》れるような大輪《たいりん》の牡丹《ぼたん》で飾られたテーブルがあった。

暖かい暖炉《だんろ》の前、そのテーブルは燭台《しょくだい》に火が灯《とも》され、果物や酒、グラスと簡単な食事が用意されていた。

「甘味と茶がいいか？」

椅子《いす》を引かれ、茫然《ぼうぜん》とする間に肩を押されて座らされる。

「傷つけるつもりはないから、逃げるな」

懇願《こんがん》するような響きがあり、カリカは驚いて王を見つめた。

王はカリカの向かいの椅子に座る。

「……乱暴に、手を掴《つか》んだりして済まなかったな。逃げられたくなかったものだから……」

カリカは何も言えずに王を見つめる。

王は、僅《わず》かばかり頬《ほお》を染め、カリカに料理を勧めた。

「とりあえず軽いものばかり揃《そろ》えてある。こんな夜半だからな……グラスは葡萄酒《ぶどうしゅ》だが、弱いし、薬など入っていないから。美味《うま》いから、飲んでみて欲しくて出してみたんだが」

別に、断る理由もないように思えたので、カリカはグラスの足を持って一口飲んだ。甘く香り高い葡萄酒で、確かに身体の中全てに広がるように美味だった。

甘い吐息を漏《も》らし、ひとまずグラスを置く。

「美味《おい》しいです」

つくづくと言われたカリカのその言葉に、王は見ている方が照れくさくなるほど嬉しそうに笑った。

「そうか。よかった。皿は、その酒に合うように作らせた。冷製ばかりで悪いがな。暖かいのは、肉がほろほろになるまで煮込んだものがある。暖炉の前にあるから、今出そう」

王は軽快に立ち上がり、暖炉の前に行って綿の入った布で包んだ鍋《なべ》から肉を取り分けてカリカに出した。

王が自分で給仕をするだなんて思いもよらなかったから、カリカは目を丸くする。

「食べろ食べろ。城で一番の肉だ」

「王様が、こんな……」

当惑して言われた言葉に、王は太陽のように笑った。

「即位の準備で城に呼ばれるまでは、俺は自分で食事を作っていたんだぞ。なんの、給仕くらい！　今だって鍋と豆と油があれば、得意料理を披露《ひろう》したいところだ。冷めないうちにおあがり」

　でも、と辞退するには、目の前の肉からあまりにもいい香りが漂っていた。

　カリカは唾《つば》を飲み込むと、スプーンを手にして肉を押した。するとほろりと崩《くず》れたので、すくって口に運ぶ。

　しばらく口を開きたくないほど美味しかった。あまりの美味にうっかり涙ぐんでしまい、咀《そ》嚼《しゃく》して飲み込んで、黙ってしばらく食べ続け、皿が空《から》になってからようやく長く息を吐く。

「美味しいです……」

「だろう！」

　自分の皿もさっさと空にした王が笑う。

「おかわりをやろう。他のも食べろ。酒も飲んでいろ」

　そう言われてはもう歯止めが利《き》かず、カリカはテーブルの上の料理を全て綺麗《きれい》に平らげてしまった。

　美味に酔い、心地よくぼんやりとする頭に、声が忍び込む。

「で、君の名前は？」

　うっかり答えそうになって慌《あわ》てて口を噤《つぐ》んだ。

「い、言えません」

　ぶるぶると首を横に振ったら髪飾りがテーブルに落ちた。

慌てて拾った花の髪飾りを、カリカは当てずっぽうで髪に挿《さ》す。

王はその動きを笑いを堪《こら》えながら見つめ、なんとかカリカが髪飾りを挿し終わると言った。

「斜めだぞ」

「えっ!?」

また慌てるカリカを見て、王は腹を抱えて笑った。

恥ずかしくて真っ赤になるカリカを見て、なんとか笑いを収め、軽く手を振る。

「悪い悪い。まぁ、高貴な出ではないようで、安心したよ。俺と一緒《いっしょ》だ」

「王様が何を」

「お前もこの都のものなら知っているだろう。俺はほんとは王になるはずじゃなかった。田舎《いなか》でのんびり料理人にでもなって、だれかと結婚して王位継承権なんか放棄《ほうき》して、道楽で店とか持って。……考えてたそんなことが全部白紙だ」

王はそう言うと深く椅子《いす》に沈んだ。

「……まぁ、けど、俺しかやる奴がいないって言われれば、やる。誰かがやらなきゃいけないことだし、いずれまぁ、フーク国みたいな民主制度になるにしろ、当座のとりまとめ役は必要だしな」

「イヤなんですか?」

「え?」

「王様やるの」

素直に疑問を口にしたカリカに、王は笑う。

「イヤではないよ。幸い、恋人もいなかったから政略結婚も別にな。誰かがやらなければならない、そして俺が順当だというのならやるさ。迷いもあったが覚悟も決めた」

「……どうして、占い師を殺すんですか？」

それはずっと疑問だった。

王は顔から笑みを消して、カリカを見つめた。

「君は、占い師とどういう関係だ？」

問い返されてぐっと詰まる。

大丈夫、こういう時はどうしたらいいか、あらかじめユウレルダヤに聞いていた。

スーチャの下働きのカリカですと、名乗ってはいけない。

なぜなら相手は王だ。

城に働くものの動きなど、簡単に決められる立場だ。

それはどういうことですか、とカリカが訊いたら、ユウレルダヤは飄々《ひょうひょう》と答えた。

「まあ、伽《とぎ》を命じられても、妾《めかけ》になれと言われても断れないということじゃ」

きょとんとするカリカがおかしかったらしく、ユウレルダヤはひとしきり笑ってから悠然《ゆうぜん》と微笑《ほほえ》んだ。

「スーチャの、傍にいたいと願うのであれば、それは都合が悪かろう。だからお前は陛下の謎の花でなくてはならぬ。……正体を知られてはならぬ。わかったな」

だから、と続けて授けられた言葉。

「彼が死んだら、私も生きてはいません」

意外なほどすんなり口に出来た。そしてそれはカリカの肚《はら》にすとりと落ちる感じがした。なんだか嬉《うれ》しくなって微笑む。

「そういう関係です」

王の表情は変わらなかった。

「では王様は、占い師とはどういう関係なんですか」

カリカの言葉に王は冷たい声音《こわね》で答えた。

「……占い師は、流行病《はやりやまい》を予言できなかった。たくさんの人命が失われた。正確に言うと、流行病が起こると予言はしていたが、時期が違った。薬が間に合わなかった。責任を取るために処刑だ。何一つおかしいところはないだろう」

「でも、あの占い師ほどの占者《せんじゃ》はいません。代わりのものも。処刑など」

カリカの言葉が終わる前に王が低く言う。

「どのみち占術などというのは外れるものだ。そんな不確定なものに左右される国政というのはどうだろうな」

「だ、だからって、処刑なんて」

「仮に名をつけるとして」

突然脈絡《みゃくらく》なく言われた言葉な気がして、カリカは言葉を失う。

「何がいいだろうな？」

王は、うわべだけとはっきりわかる笑みを浮かべた。

「……なんの話ですか？」

「お前の名だよ。呼び名がないと不便だろう。そうだ、フラレッカにしよう。フラレッカ、明日もおいで。明日来てくれるなら、占い師の処刑はまた一日延ばしてやるよ」

王の薄っぺらい笑みと、言われる言葉にカリカはかっとして思わず強い語気で言った。

「一日、また一日と延ばすのではなくて、どうか処刑を取りやめてくださいとお願いしているのです！」

「では、フラレッカ。お前が私のものになるのなら、取りやめてやってもいい」

とても嫌な笑いで王は言った。

カリカは心臓が重く、強く跳ねるのを感じながら唇を引き結ぶ。

だめだ、そんなこと。

さっきまでとても魅力的だった王が浮かべる嫌な笑みと言葉。

この申し出をもしも実現してしまったら、カリカもスーチャもユウレルダヤも、それに何より王自身も傷ついて不幸になる。

カリカはそう思って、強く拳《こぶし》を握りしめた。

男だったら、殴《なぐ》り倒して、殴り合って、それで何か話が出来たらと思う。

でもそうではないから、怒りと不安に震えながら言う。

自分の鼓動が全身に響く。

そう。

私には拳はないけど力があるんだ。

「陛下。私の願いを、全て聞いてください。占い師の処刑をやめて下さい。私のことは忘れてください。そんな表情で笑わないでください」

王に睨《にら》み付けられてもカリカは言葉を続けた。

「私は強い魔法使いを使役《しえき》できます」

働け、魔王。

そしてスマート。

「脅《おど》しか？」

顎《あご》を上げ、心底馬鹿にした表情で王は言った。

そんなんじゃない。

そうじゃないんだけど。

「そう取っていただいてももう結構。私の願いを聞いて」

カリカは必死に言ったが、王はふんと鼻で笑った。

「強い魔法使いなら、俺も使役できるよ」

思いがけない言葉にカリカはびくっと身体を震わせた。

城の魔法使い達は全《すべ》て知っているが、一番強かった魔法使いは流行病《はやりやまい》で死んだはずだ。

「……そう、ではこうしようフラレッカ。俺の魔法使いと、君の魔法使いで、魔法対決をしようじゃないか。そして勝った方の言うことを負けた方は聞くんだ。全てな」

「承《うけたまわ》りました」

「では、明日サハの刻に城の闘技場跡で」

カリカは頷《うなず》くと立ち上がり、早足で王の部屋を去った。

怒りに全身が沸き立つようだった。

どうしてあんな風に笑うの。

スーチャと同じような表情で笑うの！

第五章　王とカリカの魔法合戦

話を聞いて、ユウレルダヤはあきれ顔になった。

「魔法」

「はい」

ユウレルダヤの前で着替えをさせられ、この後自室に戻るからといつもの服を着込む。

その間カリカはずっと腹を立てていた。

「勝算はあるのかや」

「あります。絶対に勝てます」

結い上げた髪を下ろし、苛々《いらいら》と髪を振ってカリカは言う。

「明日の昼、サハの刻に、闘技場跡でやります」

「闘技場跡？」

音がしそうな長い睫《まつげ》で、ユウレルダヤは瞬きをして考えた。

「遺跡じゃよな」

「そうですけど」

「王宮横の？」

「だと思いますけど」

「使えるのか？」

「え？」

質問の意味がわからなくてカリカはきょとんとする。

「ほら、雪じゃろ、外は」

ああ、そっか。

いちいち雪掻《か》きに人手を割《さ》くのかな。明日、朝から？　すり鉢《ばち》状の古い遺跡だっていうのに？　それに明日、雪だったらどうするんだろう。雪を掻く早さを越える大雪だったら？

考えている自分に気がついて、カリカはまたムカムカした。

何で私がこんなこと心配しなくちゃいけないんだ。

「陛下が何かなさるんじゃないですか」

腹立ちのままの嫌な声がした。

気がついて恥ずかしくなる。

「……すみません。王妃《おうひ》様は関係ないのに……」

「んー？　まぁ、よいよ」

「あの……」

カリカはふと湧いた疑問を口に出す。

「王妃様は、陛下のことを好いておられますか？」

ユウレルダヤは瞬きをして何度か視線を逸《そ》らし、それからもったいをつけて答えた。

「……わらわは子供の頃からこの国に嫁《とつ》ぐのが決まっておってな。どんな年寄りでも、容色《ようしょく》のよくないものでも、性格のいびつなものでも、この国の王であるならわらわの伴侶《はんりょ》であるというわけだ。覚悟は決めておった。……あの陛下はまぁ年も近いし容色もよく、性格も悪くもなく、さほど愚《おろ》かでもない。まぁ、わらわは運のいい方であろうの。以前の王子はわらわより二十も年上であったし、愛妾《あいしょう》も何人もいたのであろう？　そんなところに輿入《こしい》れしたら、わらわなどいじめられて毎日を泣き暮らしていたのではないかな」

ユウレルダヤは毎日泣き暮らすような感じじゃないとは思ったが、カリカはそれは言わなかった。

「……お姫様ってそういうものなんですか？」

カリカの問いにユウレルダヤはふふ、と笑う。

「そういうものじゃよ。綺麗《きれい》な服や宝石と引き替えに、何と共に過ごすか、何をして過ごすかという自由はない。わらわはわらわであるが、同時に国の財産でもある」

「……嫌だと思ったことは……」

「あるよ」

ユウレルダヤはさらりと答えた。

「だが、嫌がっても仕方なかろう？　逃れる方策を本気で模索《もさく》するほど真剣に嫌でもないのだ。受け入れるさ」

言われたことを理解しようと考えるカリカに、ユウレルダヤは意地悪に笑う。

「カリカは、カリカ自身であることが嫌か」

どうだろう。

もっと綺麗で利口で品がよければいいと、思ったことはある。今だって思っている。

でも。

「……言っても、仕方がないので」

苦笑と共に言葉は漏《も》れた。

ユウレルダヤが笑う。

「そうであろ。わらわもそうじゃ」

微笑《ほほえ》み合う。

ユウレルダヤとカリカは、生まれも育ちも違いすぎる。それでも微笑み合うその瞬間にはお互い不思議な満足があって、それは友情と呼んでいいものだと、二人はそれぞれ理解した。

瞳の奥を柔らかく潤《うる》ませたユウレルダヤがふと瞬きをした。

「ああ、そうじゃ。陛下の魔法使いの名など知らぬよな？」

「ええ。……ローラントの高位の魔法使いは、流行病《はやりやまい》でほとんど亡くなったと思っていたんですけれど……」

ユウレルダヤの表情が渋くなる。

そうか、としばらくして言った。


カリカのベッドに窮屈《きゅうくつ》そうに寝ころび、相変わらず高速で本をめくっていたスマートに、カリカはそういうわけだから、と説明をした。

「だからね！　魔王に働いてもらうからね！　スマート、魔王起こしてきてよ」

「自分で行けばいいじゃん」

「さっき行ったけど、いや、ちょっと、一緒《いっしょ》に来てよ！」

「いいけど」

とは口ばかりで、起き上がる気配すら見せず、スマートは本を最後までめくった。カリカは待った。そしてスマートが本を閉じて横に置いたので、行くよと言って歩き出す。

とにかく相手のしたいことに少しだけ合わせるのがきっとコツなんだ。

スマートは一応ついては来たが、また新しい本を手に持って、歩きながらめくっている。

まぁいい。それでも一応ついてきた。

カリカは客間の扉を開くと、あらためて茫然《ぼうぜん》とする。先刻も見た光景ではあるのだが、何度見ても信じがたかった。

客間の天井は消え失せ、そこはローラントのものではない空だった。見たことがない色で、重い雲がかかっているのだがその向こうには太陽らしいものが五つある。湿度も空気も全く違う。乾いた草のよい香りが満ち、カリカですら眠くなるようだ。魔王を抱く大木はどっしりと立って、その枝に抱かれて魔王は眠っていた。

「魔王ー」

カリカは呼んだが反応はない。羽根に囲まれた白い顔は穏やかに目を閉じている。

「ほら起きない」

スマートを振り返って、唇を尖《とが》らせて言ったらあきれ顔で言い返された。

「そんなんじゃ赤ん坊だって起きねぇよ」

それは、そうかもしれない。だが、あんな穏やかな顔で眠っているものを起こすのは、いかにカリカが苛々《いらいら》してても気が引けるのだ。

カリカはスマートの服の裾《すそ》を摘《つま》むと引っ張り、上目で見て言った。

「あんた起こしてよ」

「お前やれよ」

「うるさいよ」

「そっちがうるせぇよ。髪さらさらさせやがってもっとやれ」

「何言ってんだわけわかんない」

言われて少し頬《ほお》を赤くしてカリカは言い、スマートはふむ、と息を漏らした。

「……魔法対決に、魔王を駆り出そうと。そういうわけだよな？」

「そうだよ」

だから起こしてよ、そんくらい働いてよと続けようとしたカリカにスマートは本をぱたんと閉じて言った。

「うむ、自己紹介が足らなかったようだな」

「何がだよ」

「俺様スマート・ゴルディオン。またの名を、美貌《びぼう》の流浪《るろう》の大賢者《だいけんじゃ》。魔法も使えるぜ」

いきなりそう言われて、ハイそうですかと言えるほどカリカは楽天的ではなかったが、

「まぁじゃぁそういうことで魔法対決は俺が出るから、魔王は寝かせて置いてくれていいから、布団《ふとん》一枚出してくれ。ここ、きもちいいから俺もここで寝る」

スマートはそう言うと、カリカに本を渡してその場によいしょと横になり、草に包まれてすやすやと眠ってしまった。

カリカはよっぽど踏んづけてやろうかと思った。

そのあとカリカも部屋で一寝入りして、ノックで起きた。

外には変装をしたタニミヤが立っていて、あれどうしたんですかと寝ぼけ眼《まなこ》で言う間に押し入られ、ドアを閉められる。

ぼんやりしたままのカリカにタニミヤは、抱えた袋からドレスやら飾りやら香油《こうゆ》やらをてきぱき出して、カリカをあっという間に皇帝陛下の謎《なぞ》の花にしたてあげた。

そしてマントをすっぽり頭からかぶせると、カリカの両肩を両手で叩いて、

「しっかりね！　正体がばれないようにね！　おすまししてね！」

と言って、一度ぎゅっとカリカを抱きしめた。

カリカは嬉《うれ》しくて、少し頬《ほお》をすりつけた。

タニミヤは自分も頬をよせ、その後でカリカの化粧《けしょう》をちゃんと直した。

一人で大丈夫《だいじょうぶ》？　私ついていきましょうかと言われたが、カリカは断った。

充分心強かった。


冬の日の薄暮《はくぼ》が終わり、昼から闇に移る深い紺《こん》色を布に染め上げ、その縁を銀の房《ふさ》がずらり

と飾る。そんな色のマントを着て、スマートは客間から出てきた。どこから出したとか、そんな詮索《せんさく》はするだけ無駄《むだ》な気がした。

銀の組紐《くみひも》でひとつにくくった鉄色の髪がとても映えるマントで、カリカはちょっと見とれた。

「かっこいいじゃん……」

言われたスマートは少しの間カリカを見つめた。

それから言った。

「あっ、カリカか」

「あ、うん、そうそう」

謎の花の格好をしたカリカは、照れてなんとなく頭の後ろに手をやった。

「ああ、カリカだな」

うんうんとスマートは頷《うなず》いた。

「お前ほら、そういうかっこうしろよ。似合うぞかわいいぞ。すごーい素ッ敵ー」

「最後の一言が腹立つな、なんか」

「いやいや本気」

そしてスマートはつくづくとカリカを見て微笑《ほほえ》む。

「……年頃の娘が綺麗《きれい》にしてねぇのは、春に花が咲かないようなもんだ。清潔にして、きちんとして、綺麗なドレスを着てな。それだけで、男ってのは救われるもんなんだ」

カリカは言われた言葉に真っ赤になる。

「……べ、べつに、あんたのためのドレスじゃないよ」

「そんなん関係ないな」

真面目《まじめ》な顔でスマートが言う。

「女ってのはいくつでも、日向《ひなた》の花なんだ。きちんとして、目を上げて、素直に笑っててくれればな。男ってのはあほだから、それだけでなんかいい気分になったりもするんだぜ。とても特別なものなんだから、自覚して、世界を救え」

笑顔で言われた。

そんなものかなと思ったけれど嬉しかった。

「それに、俺の為のドレスなら脱いでもらうのが目的なわけだし」

「あんたって中身スケベなオッサンだよね」

据《す》わった目で言った。


闘技場、というのは古代の遺跡だ。

地面を削《けず》り、その上に石を重ねて作ってある。

すり鉢《ばち》状になっていて、底の舞台を囲むように階段状に椅子《いす》が円を描いて作られている。けれど天井があるわけでもないから、この季節は雪が降り積もって、遺跡がどこにあるかわからなくなる。それでも多少くぼんでいるから、城の雪の捨て場所になっていた。

いつもはそうだ。

けれど今日は城から様子が変だった。

城の通用口を開けたら雪の中に道が一本通っていた。

雪の壁を抜けて、茶色い煉瓦《れんが》の道をカリカとスマートは歩いて来たのだ。

闘技場の中に入ってみれば、そこには雪は一片もなかった。

白く乾いた古い石の闘技場。

風が高く鳴って通り抜けるそこを、カリカはおそるおそる降りていく。

下の舞台にはすでに王がいた。

真っ青な冬晴れの空の下で、金髪がそれだけで王冠のようだった。

空を映したような青い瞳が讃《たた》えるようにカリカを見つめた。

その隣には真っ白なマントを着た青年がいた。

フードをかぶってまだその様子はわからない。

スマートは面白くなさそうに鼻を鳴らし顎《あご》を上げる。

「……厄介《やっかい》、かな？」

「えっちょっとほんとに大丈夫《だいじょうぶ》なの？」

先を歩いていたカリカは振り向かずに言う。

「……さぁー」

「やだ、やめろよな。不安になる」

「お前も男言葉直せ」

「直すよ」

足を止めず、振り向きもせずカリカは言った。

「……言っただろ。なんでもするからって」

冷たい風が抜いた。

カリカのマントを揺らす。

「だから、スーチャを助けて」


「よく来たね、フラレッカ」

舞台にカリカとスマートが上がり、王がカリカの手を取って貴婦人を迎えるように腰をかがめた。

王が呼んだその名を聞いて、スマートが小さく笑う。王がめざとく見つけて問いかけた。

「おや。魔法使い、君はリンクヴァの出身か？」

「いいえ、陛下。ですが、フラレッカ、がリンクヴァの方言だというのは書物の中にありましたので存じております」

「……え……何？　どういう意味なの」

こそりとカリカは訊《き》き、スマートは答えた。

「食いしん坊」

カリカは言葉を無くして真っ赤になる。

王はイタズラが成功した子供の顔で笑っていた。

脳裏《のうり》にタニニミヤの言葉が浮かばなかったら怒鳴《どな》っていたかもしれない。

がんばってね！　おすましってね！

そう、おすまししなくちゃ！

私は陛下の謎《なぞ》の花！

く、食いしん坊だなんて異名《いみよう》をつけられても謎の花。

しゃんと背筋を伸ばして気持ちを立て直し、カリカは王に面と向かう。

「陛下。約束は忘れておられますまいね」

タニニミヤの話し方を思い出して、必死に言葉を紡《つむ》ぐ。

「忘れてはいないが。でも早く降参した方がいいんじゃないかな。城から道を作り、ここの雪を全て消したのは俺の方の魔法使いなんだがどうだ？」

白いマントの、王の隣に立つ青年をカリカはちらりと見た。

「私の方の魔法使いも、なかなかのものですわ」

きっと。多分。そうでないと困る。

祈るような気持ちを隠して、背筋を伸ばしてカリカは言う。カリカの一歩後ろでスマートは胸に手を当て目を伏せて優雅な礼をした。

「流浪《るろう》の美貌《びぼう》の大賢者《だいけんじゃ》、スマート・ゴルディオンと申します」

それは王に対する礼として素晴らしく高貴な振る舞いに見えたので、カリカは一瞬声を失ってみとれる。

馬鹿馬鹿しい名乗りだったが誰も笑いもしなかった。

王はそれに応じ、軽く視線を下げ、再び上げた。その横で、白いマントの青年が動いた。一歩進み出て、王に会釈《えしゃく》をしてからこちらも名乗りをあげた。

「私の名はプラティラウ」

そしてフードを滑り落とす。

カリカは驚きに目を見開いた。

魔法使いの髪は白銀で巻き毛だった。まるで飴細工《あめざいく》のように、雲のように頭に乗っていた。褐色《かっしょく》の肌で、瞳は金色だ。年の頃は二十の半ばだろうか。

「二つ名はまだございません。どうぞよろしくお願いいたします」

そう言って微笑《ほほえ》むと意外なほど愛嬌《あいきょう》のある顔になった。プラティラウは楽しい歌のように言う。

「それでは陛下、合戦の方式を決めて下さいませ。大きい火を出した方が勝ちですか？　この闘技場全てを金貨で埋めたら勝ちですか？　それとも、季節を変えて今を夏に？」

乗せられるように王も楽しげに、そうだな、何にするかなぁ、など言っている。

「おそれながら、陛下」

落ち着いた声で、スマートが言う。

「なんだ」

せっかく楽しい気分だったのに、と、舌打ちをしたそうに、王はスマートを睨《にら》み付けた。

あれ。

おかしい。

カリカは違和感に眉根《まゆね》を震わせた。

王はこんな事で、そんなに気分を害すような人柄ではないだろう。少なくとも、カリカと二人きりの時はそう見えたし、ついさっきまでもそうだ。

スマートはけれど、王の不機嫌に怯《ひる》んだところも卑《いや》しいところもなく、静かに続けた。

「大きな魔法はみだりに使うものではありません。大きな火を使えばこのあたりの雪は解けて水になり、あたりを濡らし、それであるいは雪崩《なだれ》が起きるかもしれません。季節を変えれば、雪の下で必死に芽を出す準備を整えている草木がいかにも慌《あわ》てましょう。この闘技場が埋まるほどの金貨は、さて、いったいどこから現れましょうか。魔法は、無から有を生み出す技ではないのです」

すらすらと、滞《とどこお》ることなく丁寧《ていねい》に語られた言葉に、王は圧倒されて毒気を抜かれたような顔になり、ふむ、と頷《うなず》いた。

スマートの声は不思議だった。

肩から力が抜けて、とても素直になれる。

落ち着いて、穏やかになって、つまらない意地や自尊心なんか、消え失せてしまう。

ああ、こんな気持ちでスーチャに逢《あ》いたい。

こんな気持ちのスーチャと話がしたい。

ねぇ、スーチャ。私あなたがいないと死んでしまうの。本当だよ。

だって私の心の中はスーチャでいっぱいなんだもの。

言ったら嫌われるか、邪魔《じゃま》がられるんじゃないかと思って言えなかった言葉も、今なら言える気がする。

「なるほど。もう少し俺には魔法に対する理解が必要ということか」

嫌みもなく、多少の含羞《はじらい》さえ伴《ともな》って言われた王の言葉に、スマートは穏やかに微笑む。

「魔法は万能であると、そういう誤解も当然なのです。喩《たと》えるならば、卵と甜菜《てんさい》と小麦からケーキができあがるなどと、知らぬものには全く想像がつかないようにです。彼らは台所でなにが行われているか想像もつかないのですから」

「おお、俺は実はケーキが焼けるぞ。機会があれば食べてくれ、スマート・ゴルディオン」

「それは素晴らしい。私は酒も嗜《たしな》みますが、甘いものもとても好みますので」

舞台の上には和《なご》やかな空気が流れる。

プラティラウをふと見たら、彼も穏やかに微笑んでいたが、どこか嘘《うそ》くさかった。胸に手を当て、いかにもしおらしく彼は言う。

「さすが大賢者《だいけんじゃ》様、浅学《せんがく》の身に勉強になりました。なるほど、気をつけなくてはなりませんね」

「いいえ。私がいた場所と、ここでは違うことが多々あります。こちらこそ出すぎた話をしてしまいました」

スマートが穏やかに言い、そしてプラティラウが顎《あご》に手を当てて考え込む。

「さて、それではどうしましょうか。魔法合戦と言うことで、私たちはここにいるのですから、何らかの方法で勝負をつけなくてはなりません」

両手を軽く広げて、スマートが言う。

「人間の叡智《えいち》というのは素晴らしいものです。命の取り合いをせず、森を焼き払わないでも勝ち負けを決めることができる。そうでしょう？」

「ほう。具体的な提案がおありのようですね」

プラティラウが言い、スマートが微笑んだまま軽く靴底《くつぞこ》で、舞台の上を叩いた。

すると舞台から生えるように、腰の高さの小さな丸い木のテーブルが現れた。天板に螺鈿《らでん》とタイルの蝶《ちょう》の象眼《ぞうがん》のあるテーブルだ。

カリカは驚いて目を見開く。

こんなの魔法というより手品だ。

城の魔法使いたちは確かに魔法の扱いにはとても慎重で、カリカは目前で魔法を見るのはほとんど初めてだった。

王も似たようなものだったらしく、目を大きく見開いて言葉を失っていた。スマートは何事も起こらなかったかのように言う。

「ゲームで決着をつけましょう。できるだけ簡単なものがいいですね。カードなど？」

「わかりました。それではカードは私が用意しましょう」

プラティラウはテーブルの天板に手を置いて離した。

するとそこに、なかったはずのカードがあった。賭《か》け事に使うカードで、封を切っていないものだ。

こうなるとやっぱり魔法というより手品だ。

無から有を生み出す術ではないとスマートは言ったけれども、そうであるとしか思えなかった。

第六章　王妃の涙

勝負の方法は単純に、相手より強い数を引いた方が勝ちということに決めた。

王がカードの封を切る。王は流れるようにカードをまんべんなく切り、カリカに渡した。カリカは何度か舞台にカードを落としてしまいながらカードを混ぜた。しゃがんで拾い集めながら、カードの図柄や感触を確かめる。

どこもおかしい感じのしないカードだ。

新品であるということの他は、酒場のあちこちで見かけるカードだった。裏の模様も都で一番多く出回っている種類のカードだ。

全部で三十八枚のカード。絵札は二十一枚。それとは別に予備の白いカードが一枚。黒の龍の一が一番大きい数だ。白地に黒い龍が火を吐く図案が描かれている。

カリカは青の鳥の五が一番好きだった。ちょっとスーチャに似ているような気のする鳥だ。背中を丸めて、けれども視線だけは上を向いている首の長い青い鳥。

落としたカードを拾い集めているときに、そのカードも見つけた。やはり何もおかしいところはなかった。

そのことが不気味で気持ち悪い。

ともあれよくよく切って整え、テーブルに戻した。

プラティラウが笑う。

「では、私が先攻でよろしいですか、大賢者様？」

「どうぞ」

僅《わず》かも緊張していない様子でスマートは微笑《ほほえ》んで促す。

プラティラウは一瞬鼻に皺《しわ》を寄せ、そしてカードの山の一番上に手を載せて引いた。

その、僅かな瞬間がなんだか変だ。

カリカの全身が粟立《あわだ》ち、皮膚《ひふ》の下を何か小さな虫のようなものが這《は》い回ったような感覚があってカリカはぐっと奥歯を噛《か》みしめる。

この感じは知っている。

魔王とスマートを呼び出した時だ。あの時にも感じた感覚だ。

今、確かに魔法が使われた。

どういうものかはわからないが確かに魔法だ。

プラティラウは悠然《ゆうぜん》と、カードを見ずに王に差し出す。

「どうぞ」

王は引いたカードを確認しようとしないプラティラウを怪訝《けげん》そうに見つめたが、カードを見るとその瞳は驚きに見開かれ、満足げな嘆息《たんそく》が口から漏《も》れた。

「黒の龍の一」

王はカリカにカードを向けて見せる。

「そちらの手を見るまでもないか」

カードに描かれた黒い龍。太陽を背負って岩山に巻き付いて火を吐いている赤い目の龍。

カリカは足下が崩《くず》れたような気がした。

スーチャ。

スーチャが死んでしまう。

「……陛下は、リンクヴァのご出身だそうですね」

スマートの声にカリカははっと視線をあげる。

「なんだ。よく知っているな」

「地方によって、カードのルールは僅かばかり異なることがありますな。あちらでは、黒の龍の一より強いカードがございましょう」

スマートはカードの山に手をかざし、一度だけ振るように動かして一枚抜き取った。

そしてやはりカードを見ることなく王に差し出し、まっすぐに見据《みす》えて言った。

「さて、いかがでしょうか？」

王はスマートと視線を合わせたままカードを受け取り、そして見て、顔を腹立たしそうに歪《ゆが》ませた。

「……王に必要な資質のひとつには、公正さがある。俺は王になると決めたときに、少なくともみっともない王にはなりたくないと思い、そうあるために努力すると誓《ちか》ったが」

王は溜息《ためいき》を吐いて言った。

「そんな誓いはしなきゃよかったよ」

カリカにカードを差し出す。

カリカはそれを受け取り、表を見た。

真っ白だった。

「予備のカードが紛《まぎ》れ込んでいた場合、それを一番強いカードとして使うのがリンクヴァのルールだよ、確かに！　裁定者がそれを知る俺である以上、白紙のカードの勝ちだ。フラレッカ、占い師の解き放ちは夕刻まで待て。手続きがあるからな」

腹立ちの滲《にじ》む声で王は言い早足でその場を歩き去った。残されたプラティラウは腰に手を当てるとスマートを睨《にら》み付ける。

「……恥かかせてくれたな？」

「滅相《めっそう》もない」

口元だけを笑みの形にしてスマートは言い、プラティラウはケッと吐き捨てて早足で王の後を追った。

二人きりになるとカリカはスマートのマントを両手で握りしめて、喜びと興奮を抑えられずに言った。

「ありがとう！　スマート!!」

スマートは驚いて、それから笑った。

「なんだ、素直になっちゃって。可愛《かわい》いぞこのぅ」

おでこを人差し指でちょんとつつかれ、けれどそれに何か言うより感謝の気持ちと喜びが溢《あふ》れて、カリカは涙ぐみながら全身を上気させる。言葉が止まらない。

「ありがとう、ありがとう、スーチャが、スーチャが死ななくていいよぅ。ありがとう、スマート、ありがとう！」

スマートは少し照れたように頬《ほお》を掻《か》き、それから目元を深く笑ませてカリカをそっと抱きしめた。

「……よしよし」

兄が妹にするように。

あるいは祖父が孫にするように。

慈愛《じあい》に満ちた優しい抱擁《ほうよう》だった。

その暖かさはカリカの身体《からだ》の芯に深く染み渡るようだった。

「落ち着きな。感謝の言葉はもういい。たくさんもらった。充分だ。もういい。もういいんだよ」

「足りない、足りないんだもん、だって」

カリカの頬には涙が流れ、それは胸元に落ちてドレスを濡らした。

「いいから。ほら、せっかく綺麗《きれい》にしてるのに鼻水が出てるし、ドレスが汚れるぞ」

「ああっいけない、借り物なんだこれ」

「ほら涙を拭《ふ》け」

スマートは取り出した清潔なハンカチで、カリカの涙を拭《ぬぐ》った。

「そろそろ戻ろう。風が出てきた。俺は疲れたから少し休む。お前はこれつけてろ。つけてれば姿が見えなくなる」

そう言ってスマートはカリカの右耳に耳飾りを着けてくれた。

「城から来たってことは、もうバレちまってる。俺が王なら、フラレッカは城に住んでる誰かだって見当をつけて、年頃のもん全員、順繰りにお前が今着てるのと同じドレス作って着せてみるぜ」

「そんで脱がすの?」

前に言われたことを思い出して問いかける。スマートはフンと鼻を鳴らす。

「やだねめんどくさい。脱がしたら着せなきゃいけねぇだろ。好きでもない奴にそんな手間かけるなんて馬鹿馬鹿しい。……話ずれたぞ。だから、ええと、帰りは姿を隠してだな、スーチャの処刑中止の決定が下るまで、王妃《おうひ》様にかくまってもらえ。そこが一番安全だ。そのあとは……」

スマートは考え、それから片方の肩だけをすくめた。

「……その時考えようか」

うん、とカリカは頷《うなず》いた。

そして二人で歩き出す。スマートはスマート自身の姿なら耳飾りがなくても消せると言い、それでカリカは不安にも思わなかった。

「でも、よく知ってたね。陛下の生まれたところとか、ああいうルールとか」

「ああ。書庫に日記があってな。書いてあった。むしろ隠しておいてあったみたいだったが、まあ偶然な」

「え、誰の」

日記、と問いかけたカリカの言葉に被《かぶ》さるようにスマートがのびをした。

「あーしかし、あいつ結構やるなぁ。地味な勝負だったけど俺様に拮抗《きっこう》させてきたもんな」

「あれ、魔法だったの？」

「うん。カードはあれは、どっかからひと揃《そろ》い転移《てんい》させてきたんだろう。それで、龍の黒の一を山の中から探索して転移させたんだ、あいつは。結構邪魔《じゃま》してみたんだがな」

「……でも、スマートは勝ったよね」

「うん。だって俺のアレは魔法使ってねぇもん。だから、察知もされないし、わかってなけりゃ邪魔もされねぇ」

「は？」

カリカは思わず足を止めた。

スマートも止まって、マントの下の服の袖《そで》を引っ張ると、カードが何枚かバラバラと出てきた。

「居間にあったから借りたぜ。裏の模様が同じのがあってよかったよ」

カリカはカードを拾って笑いながら言った。

「イカサマなら、暇があったら教えてよ。スーチャにカードで勝ったことがないんだ」

魔法でもイカサマでもなんでもいい。

スーチャは助かって、それはスマートのおかげなんだ。


勝負が終わってすぐ、カリカは早足で部屋に戻るとフラレッカの衣装《いしょう》を外して袋に詰め込み、担《かつ》いでユウレルダヤのところに向かった。

廊下《ろうか》の角を曲がったところで小間使いの一団とばったり出逢《であ》って、まずい見られたと思ったけれど、彼女たちはカリカに全く気づきもせずに通り過ぎた。

カリカは自分の右耳につけられた耳飾りの感触を意識する。

塔《とう》の階段を駆け上がる。

心臓がはじけ飛びそうになっても足を緩《ゆる》めない。

聞いて、聞いてくださいユウレルダヤ様、タニニミヤ様。

スーチャが死なないの。

処刑は取りやめになったの！

背中に羽が生えて鳥になりそうだ。

このまま階段を駆け上がって羽ばたいたら、高く空に飛び立てそうな気持ちでカリカは階段を駆け上がり、王妃の部屋の扉を叩いた。

「はい」

と侍女の一人が扉を開けたが、カリカに気がつかない様子で不審そうにあたりを見回した。

カリカは慌《あわ》てて耳飾りを外して声をかけた。

「あの、私ここです」

侍女は声を上げて驚き、カリカだと気がつくと中に入れてくれた。

ユウレルダヤは遅い朝食をとっていたところだった。

彼女は午前中にしか眠れない。

遠い国から移動してきて、なかなか身体《からだ》がこちらの時間に慣れないのだと言った。

「それで、どうなったのじゃ」

子猫のような好奇心を隠そうともせずにユウレルダヤは身を乗り出して訊《き》く。

カリカも、聞いて欲しくて目を輝かせ、勧められたクッションに座り込んで話した。

ユウレルダヤも、タニミヤも、周囲の侍女達も身を乗り出して聞き入り、なによりカリカの嬉《うれ》しそうな様子に微笑《ほほえ》んだ。

かいつまんで話したカリカは、胸を押さえ花のような笑顔で微笑む。

「王妃《おうひ》様、本当にありがとうございます。スーチャが生き延びれたのはほんとに王妃様のおかげです」

「んー？　ふむ、悪い気はせんのう」

カリカにつられて嬉しそうなユウレルダヤはそう言い、茶をもう一杯飲んだ。

「しかし、陛下がどんな顔をされていたのか、見たかったものじゃ」

その言葉に嘲笑《ちょうしょう》のようなものを感じて、カリカはユウレルダヤに言った。

「……王妃様は、陛下のことをどう思っておいでなのです？　昨日訊いたけど」

「陛下の魔法使い、プラティラウと名乗ったか……」

質問と呟《つぶや》きがぶつかった。

二人は視線を合わせ、カリカが譲《ゆず》った。

「その、陛下の魔法使いだがな。白金の髪で、肌が浅黒くはなかったか？　瞳は金で」

「あ、そうです。よくご存じですね。……え、えっ、知り合いです？」

　ユウレルダヤは唇を引き結び、眉根《まゆね》を寄せた。

「……知り合いも何も。わらわが輿入《こしい》れの時に連れてきた男だ」

「え、じゃ、じゃあ、お国の？」

「いや。まあ一応国から連れてきた魔法使いもおったが……途中で熱を出して倒れてしまってな。同行が難しくなったところにプラティラウが売り込んで来たのだ。確かに魔法使いがおれば便利なことは多いからな。しかもやつは実に簡単に術を使った。とても便利で、道行きも捗《はかど》ったが……」

　ユウレルダヤは眉間《みけん》に皺《しわ》を寄せ、指で額を抑えた。

「……奴め、わらわに恋文を寄越しおってなあ。本来であればそのような不敬《ふけい》なものは懲罰《ちょうばつ》の上放逐《ほうちく》するのだが、この城に着いた途端逃げ出しおって。どこに行ったかと思えば陛下のお側とはな」

　プラティラウ。

　白金の髪の魔法使い。

　……あまりいいかんじはしなかった。

「何を考えておるのかなぁ。禍《わざわい》にならなければいいのだが」

「はぁ……」

カリカには何とも言えない。

ともあれ、スーチャの処刑はなくなったのだ。

「あ、それで、その、スマートが、私が謎《なぞ》の花だっていうのがばれてはいけないから、とにかく王妃様のところに、スーチャが解放されるまで匿《かくま》っていただけと」

「うん、それはよい考え……」

ユウレルダヤが言い終わるより早く、侍女が慌《あわ》てる声がした。

部屋の入り口で何か男の声がする。

空気が張りつめ、緊張する中、侍女が早足でユウレルダヤの前に進み一言言った。

「陛下のお成りでございます」

ユウレルダヤは立ち上がるとタニニミヤに言った。

「タニニミヤ」

「心得てございます」

「うん」

そしてユウレルダヤは布の向こうに進み出て、タニニミヤや他の侍女達はカリカに向き直り、

「失礼」

と声をかけてまず服を脱がせていく。

カリカはとにかく任せておこうと心を決め、声を出さないようにしながら布の向こうの会話に耳を澄ます。自分の鼓動の音がうるさい。

「ユウレルダヤ。なんの知らせもなく部屋に押し入るような真似《まね》をして済まんな」

王の声がした。

言葉とは裏腹に、罪人を咎《とが》め立てするような調子だった。

「全くです、陛下。常にはお渡りもなく、いざいらしていただけたと思えばこのような……。何事かございましたか」

ユウレルダヤの声も冷たく、硬い。

カリカはどっちの声も、らしくなくて心が痛かった。

王はもっと明るくて快活だし、ユウレルダヤはもっと暖かくて可愛《かわい》らしい。

二人の間に何があったのかはわからないが、どうしてこんな声で語り合わなくてはならないのか、カリカにはわからなかった。けれど今はとにかくこの場を凌《しの》がねば。

「何事？　どうかな。……まぁ、妻の部屋もまともに眺めていないことに今更《いまさら》気がついて、のこのこやってきたんだ。奥に入れてくれ」

「部屋の内を、アーデーイ風に変えることは了承をいただきましたはず。ローラントの調度《ちょうど》には、おいおい慣れていきますからと」

「アーデーイでは貴人も床で過ごすのだと言うな。なるほど、この設《しつら》えであれば快適ではあるだろうが、ローラントでは床で生活するのは犬猫だ。椅子《いす》と寝台とテーブルのない家などないのだぞ」

「犬猫とアーデーイを同じと仰《おつしや》るか」

「お前がローラントの暮らしに馴染《なじ》まないからだ」

「おいおい、と申し上げております」

「おいおい？　いつだ？　髪が白くなりきった頃か？」

どうして、二人はこんなことで言い争っているんだろう。

カリカは胸が張り裂《さ》けそうだった。

陛下も、王妃《おうひ》様も、私にはもっと優しく語りかけてくださるのに。

その間もタニニミヤと侍女たちは、カリカの髪を結い、化粧《けしよう》をしていった。

「もういい、我が妻との楽しい会話は切りがない」

嘲笑《ちようしよう》と共に吐き捨て、王はユウレルダヤを押しのけ、布の仕切りをはぐようにめくった。

侍女たちは一言も発せず、王の視界から逃げるように仕切りの逆側から消え、残されたのはカリカとタニニミヤだけだった。タニニミヤは今までクッションの位置を直していたのだけれど、見つかってしまったという様子で素早く立ち上がって控えた。

残されたカリカは王と視線が合わないようにおろおろしてしまったが、タニニミヤが小さな

声で、

「御前《ごぜん》ですよ」

と叱咤《しった》したのを聞き、立ち上がってタニミヤと同じように背筋を伸ばし、目を伏せて縮こまった。自分が着せられた服を見て納得する。侍女の装《よそお》いにされたのだ。

王はタニミヤにもカリカにも視線を止めずに、腹立たしげな息を漏《も》らして立ち去った。

乱暴に扉が閉められると、全員がほっと息を吐く。

「……タニミヤ。……何か甘い飲み物を持て」

渋い表情でユウレルダヤが言い、いつもの場所に戻ると糸が切れたように座り込んだ。

「毎回こうじゃ。相性が悪いのかのぅ。一度も快《こころよ》く会話出来たことがない」

溜息《ためいき》を吐いたら、ぽろりと涙がこぼれた。

カリカはユウレルダヤの傍に近づいて、そっと手を取った。

「王妃様」

「……わらわはカリカが羨《うらや》ましい。カリカから聞く陛下の姿は、明るくて優しい。わらわには昔話などしてくれたこともない。……わらわは仲良くしたいのに、陛下はわらわがお嫌いなのかのう。わらわは、なにか、失敗したのかの……」

きめの細かい、色の濃い肌をぽろぽろと涙が落ちていく。

カリカはただ手を握りしめることしかできない。

「私は、王妃様が好きです。陛下も嫌いではありません。お二人が仲良くなればいいと思います」

ふっと、魔法合戦の時の王の様子が脳裏《のうり》に浮かんだ。

スマートの言葉に対して、不自然に苛《いら》ついた王。

癇癪《かんしゃく》なのかと、思えば思えるけれどカリカと対した王はそんなことはなかった。けれどユウレルダヤと対した王はあの有様だ。

人の気持ちを変える方法はいくらでもある。

言ったのはスマートだ。

なにか、こじれることがあったのかもわからないけれど、カリカの頭の中にはプラティラウの嫌な笑みがいっぱいに浮かんでいた。

「カリカ、ありがとう。もう大丈夫《だいじょうぶ》じゃ。醜態《しゅうたい》を見せた」

ユウレルダヤはなんとか涙を抑えようと努力し、カリカの手から手を引こうとした。

けれどカリカはその手を強く握って、自分の胸元に当て、まっすぐにユウレルダヤを見据《みす》えて言った。

「私に、出来ることがあれば、なんでもさせてください。王妃様は私を、スーチャを助けてくださったの。私は何にも出来ないかも知れないけれど、でも、王妃様に助けてもらったから、もうなんにも出来ないなんて甘えない。なんでもするんだから、きっとお役に立ちます。私があなたを助ける番です。だから」

ああ、ユウレルダヤの濡れた瞳が綺麗《きれい》だ。

でも涙なら、嬉《うれ》しいものだけでいいんだ。

陽気で賢い綺麗な王妃様。

「もう泣かないで」

そう言ったらユウレルダヤの顔が、道端で転んだ女の子の様に歪《ゆが》んで、そして大きな声で泣き出した。

第七章　占者の帰宅

カリカはユウレルダヤを慰《なぐさ》め、今までどれほどユウレルダヤが努力して、そしてそれがどんなに叶《かな》わなかったかを聞いた。

謎《なぞ》の花の衣装《いしよう》は王の育った地方、リンクヴァのものであり、それは王が唯一ユウレルダヤとの会話の中で視線を和《やわ》らげた話題であったのだという。

「陛下の側近とも話をして、なんとか陛下のことを色々知ろうとしておって。皆もそれはわかってくれておるのじゃけれど、リンクヴァ時代を知るものはおらんのじゃ。そのころは陛下は王族としての血筋はあっても、扱いは王族ではなかった。貴族としての位はあったけれど、禄《ろく》も王家から多少は下されてはいたけれど、王族として暮らしてはいなかった。……陛下にとって、王位も、わらわとの結婚も、何一つ望んではいなかったのじゃろう……」

また泣きそうになったユウレルダヤの肩を撫《な》でて、カリカは促す。

「王妃《おうひ》様、しっかり」

「おお、そう、そうじゃ。うん、カリカはしっかりしているな。まあ、だから、陛下の世話係というものも特におらず、リンクヴァにはそれは知己《ちき》はおるじゃろうが、陛下は誰も連れてこられず一人で城に入られたのだ。前代未聞《ぜんだいみもん》だというぞ」

「……噂《うわさ》では、ご家族は早くに皆亡くなられていたと……」

「ああ。戦《いくさ》でな。それで王家からの禄で一人で育ったのだという」

戦。

カリカの家族を奪った戦の前に、何度も戦は繰り返されていた。家族のいないものは、ローラントでは少なくない。

スーチャもそうらしい。

「家族は、一度戦でみんないなくなって。それから一度出来て」

そう聞いたけれど、そこでスーチャは言葉を切って黙り込んでしまったので、今も意味がわからない。けれども奇妙によく覚えている。

スーチャは昔の話をしてくれない。

でも、スーチャは死ななくていいんだから、これから一緒《いっしょ》にすることをいっぱい話せばいいんだから不満はなかった。

いっぱいじゃなくても、スーチャは時々、ちゃんと目を見て話してくれて、ちゃんと笑ってくれることがあって、ほんとはカリカはそれだけで満足だった。

「……占い師は、もうすぐ戻るのじゃろう？　日が沈んだらお帰り」

ユウレルダヤが優しく微笑《ほほえ》んで言う。スーチャのことを考えていたと知られて、カリカは恥ずかしくなる。

「……すみません」

「謝ることはない。また来ておくれ。それにまだ夕刻までは時間があるから……ああ、カリカ、食事は？　まだであろ？」

カリカは頷《うなず》き、ユウレルダヤと共に遅い昼食をとった。

そしてユウレルダヤと話をし、窓の外に二本の星の河があがった頃に、再度耳飾りをつけて階段を下りる。

ローラントの冬は太陽が出ている時間は短い。

夕刻といえばもう星と月の時間だ。

陛下はどうして、スーチャを処刑しようとしたんだろう。

言っていたことは、なんとなく本当では無いと感じられた。

嘘《うそ》やごまかしではないだろうけれど、表面の理由だけのような気がした。

スーチャは、知っているんじゃないかな。

だから捕まったときに、

「あいつも、もっと早くこうすれば」

とか言って、

ああ、
スーチャ、
言いたいことが、
言いたいことがあるの。

言いたいことがあるの。

伝えたいことがあるの。

聞いて欲しいことがあるの。

言ったら駄目《だめ》だって、気がついたら駄目だって、だって断られたらもう傍にいられないから、でも私気がついちゃったんだ。

スーチャ。

胸が。

張り裂《さ》けてしまいそう。


スーチャの部屋は暖炉《だんろ》に火が入れられ、暖められていた。

そしてその暖炉の前で、テーブルに酒とつまみとグラスが置かれて、スーチャとスマートが向かい合ってカードをしていた。

よくもまぁ偏屈《へんくつ》なスーチャと初対面でカードなんか出来たものだとカリカは思う。

けれどやはり納得もした。スマートはそういう男だ。

扉が開いて、カリカが入ってきたのを見て、スーチャはゆっくり立ち上がった。スマートが座ったまま手を振り、スーチャの顔を見あげた。

スーチャだ。

カリカは扉を閉めて中に入り、スーチャを見上げた。

黒い長い巻き毛。

牢《ろう》の中でも髭《ひげ》は剃《そ》っていたようだ。

空のような青い瞳でカリカを見つめている。

「カリカ」

スーチャが唇を開く。

だめだ。

スーチャはいつも、変なことを言う。嫌なことばかり言う。

それを聞く前に言わなくちゃ。つかえそうになりながらカリカは言った。

「私あんたが好きだ」

スーチャを見つめて言った。

スーチャはまるで矢に射《い》られた獣《けもの》のように、目を見開き僅《わず》かに身体《からだ》を引いた。

けれどカリカは躊躇《ためら》わない。

「スーチャ。ずっと一緒にいたい。私、あんたとしあわせになりたい。私の中はあんたでいっもいっぱいで、苦しくて仕方がないんだ。あんたが死んだら私も死ぬ。あんたがいないと、生きていけない。スーチャ、大好きだ。一緒にいて」

何を言っているんだろう。

私は何を言っているんだろう。

「最初に、私を拾ってくれた、あの鳩《はと》のいた広場。私、あの時のこと忘れたことない。どうしてだかわからなかったけど、今ならわかるよ」

ああ、そう。

そうだ。

今わかった。

いつだってあの時にカリカの心はすぐ戻る。

都の広場。

鳩。

晴天で。

暖かい手のひら。

あの日、あの時、私は恋に墜《お》ちたんだ。

一目であんたに恋をした。

「あの時からずっと愛してる。私、あんたを愛してる」

カリカは満足だった。

たとえ断られても、これでスーチャが離れても、スーチャを愛した人間が一人いたということを伝えられて満足だった。

いつか、いつでもいい、スーチャが哀しく辛《つら》く絶望したときに、この瞬間のことを思い出してくれればいいと思う。

スーチャが死ぬときに、その時別の女性と一緒《いっしょ》にいて、子供や孫に囲まれて死ぬときにでも、愛された記憶のひとつになれればいいと思う。

そうして暖かい気持ちに、スーチャがもしなれたらもうそれで、それだけでいい。

けれど時間が過ぎるのが怖い。

スーチャが何か言うのが怖い。

でも、まぁいいや。

何を言われても受け入れる。

拒《こば》まれて、傍にいられなくなってもきっとスーチャの世話は誰かがしてくれるだろう。

誰かと結婚するかもしれないし。

スーチャが口を開く。

「……カリカ。髪がさらさらだ。いい香りもする」

　言ってスーチャはカリカの髪を骨張った長い指で梳《す》いた。

　カリカは心地《ここち》よさに目を潤《うる》ませた。息が苦しい。くらくらする。スーチャが触れるだけで倒れそうだ。

「お前はいい女になるよ。今でもこんなに綺麗《きれい》になったものな。……そして、俺の他に好きな男が出来て、俺の元を離れるんだ」

「は？」

　思わずカリカは言ってしまった。

「スーチャ、何言ってんだ？」

「いいんだ、わかってる。お前は蝶《ちょう》だ。綺麗な羽根を広げて、どこへだって行ける。俺のとこにいなくてもいいんだ」

「ちょっとちょっとスーチャおいおい」

「その日はきっと遠くない。だから俺はお前を好きになったらいけないんだ。広場でお前を見たとき、触れたくて仕方なくて抱き上げた。あの時からお前は毎日綺麗になって、今じゃまぶしいくらいだ。そんな女が、俺の傍にいちゃいけないんだ。わかってる」

「おおーい。待てってて」

「だから俺はうんって言えないんだよ」

カリカの頭の中で、何かが切れた音がした。

「馬鹿じゃねぇのかふざけんななんだそれ!!」

叫んであとは覚えていない。


「覚えてねぇって、そりゃ勿体《もったい》ねぇことしたな」

スマートが、酒のグラスと瓶《びん》を持って機嫌良く笑っている。

何故だかテーブルはひっくり返っている。床にスーチャが伸びていた。カリカは椅子《いす》を立てて座り、脱力して座っていた。部屋の中はぐちゃぐちゃだ。スマートはつまり酒瓶《さかびん》と自分のグラスだけ持って逃げたわけだ。

「そりゃぁ美しい跳び蹴《げ》りだったぜ。芸術だ。知ってるか？　世界には運動のちからというものがあってな、たとえば空中ブランコだ。一番大きく振れたところで飛べばサーカスの花形《はながた》は一番遠くに跳べる。小さな人間が、大きな人間を倒すにはそういう力を使うんだ。お前のさっきの跳び蹴りはそれの具現だった。しばらく語り継ぐよ」

「しばらくってどれぐらいだよ」

スマートは少し考えて答えた。

「いやそれ問題じゃないだろ」

「まあね」

カリカは長く息を吐いて肩を落とした。

「バカだバカだと思ってはいたけど、ほんと、こんなにバカだと思ってなかったよ、スーチャはほんとにバカだな」

「まぁそう言うな。真実は人を傷つけるぞ」

言うとスマートはグラスに酒を注いでカリカに勧めた。

「ありがと」

「俺のグラスで悪いな」

「いいよ」

言ってカリカは一口飲んで、また息を吐いた。

「……スーチャがあんな事考えてたなんてな」

暖炉で薪《まき》の爆《は》ぜる音がする。カリカはグラスに映る火を見つめる。

「今までちっともそんなこと言ってくれなかったのに」

ふと思いつく。

魔法合戦で感じた感覚。ひどく素直になったあの感覚。

「……スマート、魔法使った?」

視線だけを上げて言われた言葉に、スマートは神秘的に微笑《ほほえ》んだ。

「俺様の腋《わき》の下から癒《いや》しのアロマが」

「芸術的な蹴《け》りとやらを再度お目にかけようか」

平坦に言われたカリカの言葉に、スマートは神秘的な微笑みのままイヤイヤと小さく首を横に振った。

一杯酒を飲んでからカリカは気を取り直し、部屋を片付けた。スマートも手伝った。スーチャは居間の寝椅子《ねいす》に寝かせた。

割れたグラスは紙にくるんで、別のグラスを持ってきた。

カリカはちょっとした温かい料理を手早く作り、腸詰《ちょうづ》めを茹《ゆ》で、チーズと野菜の酢漬けを切ってスマートに出した。

とてもしあわせな気持ちだった。

自分の気持ちを伝えた。

スーチャの本当の気持ちが聞けた。

それで切れて蹴っ飛ばしたけど、でもそんなことはほんとはずっとしたかったことだし、それが出来てすっとしたし、なによりまだ傍にいてもいいみたいだし。

「いい顔してるぞ、カリカ」

スマートに言われて、カリカはくすぐったく肩を揺らす。

「お前の前で、はしたなかったな。あんなこと言って。ごめんな。でもスーチャにはどうしても言わなくちゃならなかったから」

「しかし予想以上にバカだったんだろ？」

「スーチャの悪口言わないで」

カリカに軽く睨《にら》まれ、スマートは謝りもせずに小さく笑った。

「……まあ、そうだったんだけど……」

カリカの呟《つぶや》きに、今度はスマートは肩を揺らして笑った。

「ねぇスマート」

「んん」

「スーチャに魔法を使ったでしょう。魔法合戦のときには陛下にも」

スマートはカリカに視線を向けず、暖炉の炎をグラスに映し、どの角度が一番いいか少しずつ試してばかりいた。

カリカはスマートが返事をしてくれるのを待った。

とにかく少しだけ合わせるのがコツだ。

少ししてスマートは小さく溜息《ためいき》を吐いて、片方だけ口の端《は》を僅《わず》かに上げて言う。

「前にも言っただろ。人の気持ちを変える方法なんていくらでもあるってさ。魔法でそれをするなんて下《げ》の下《げ》だ。サーカスの道化《どうけ》のが全然上だ」

「……最上は？」

「そこにいるだけで、人の心を和《なご》ませるという人間が、この世には確かにいてな。俺も、まぁそう多くは知らないが。その人がいるだけで、素直になるしかないと感じる。そういう存在があるんだよ。大抵、そういう奴は誰を威圧《いあつ》するでもなく、ただ穏やかに微笑《ほほえ》んでいたり、ただ話を聞いているだけだったりするんだが。……そういう奴はいて、それが多分最上だ」

言って、スマートは一口酒を飲んだ。

「赤ん坊とか、ごきげんに笑う綺麗《きれい》な女とかも近い」

目を伏せて笑う。

「魔法なんかは下の下だ。押しつけだし暴力だ」

「でも私は感謝してる」

カリカはなんとなくスマートを見ていられずに、暖炉の炎を見つめて言う。

「下の下でもなんでもさ。スーチャの変な意地を破ってくれてありがとう」

「お前でも出来たさ」

「だとしても時間がかかったと思うよ」

人の気持ちを素直にする魔法。

陛下にもそれをかけられたらいいのかな。

思ってふと何か、違和感を感じる。

なんだろう。

人の気持ちを素直にする魔法。

そんなものがあるのなら。

「ね、スマート。人を素直じゃなくする魔法ってある？」

「ある」

スマートはあっさり答えた。

「それでなくても、悪い方に感情を傾けさせることは、逆より全然簡単だ」

「ど、どうやるの」

「たとえば、カリカと話をし終わった俺に、カリカがいなくなったあとで、あの子は嘘《うそ》つきなんだと誰かが一言言えばいい。それで次から俺はカリカと素直に話が出来なくなる。言葉の全てを疑う」

確かにそういうことは、どこでだっていつだって出来るしありそうだ。

「……で、でもスマートは、そんなの信じないよ」

「俺は信じねぇよ。こうして話してる、自分の感触の方を信じる。カリカは嘘をつかないさ」

言われて照れた。何か口の中でもごもご言ってしまったカリカに、スマートが言う。

「バカ正直が取《と》り柄《え》だ」

「バカはいらないよ!!」

顔を真っ赤にして言ったカリカにスマートは笑い、それから言った。

「王様は魔法をかけられてるな。どうしてだかわかんねぇけど、かけてる奴はプラティラウだろう」

弾《はじ》かれたようにカリカは身を乗り出した。グラスの中の酒が揺れて、少しこぼれたがカリカは必死で、それに気がつかなかった。

「はずせる?」

「できるが」

スマートは酒をまた一口飲んだ。

「こじれた感情は、魔法が解けてもそのままだ。意固地《いこじ》になることはないだろうけど、人の気持ちは自分でもどうにもならないことのが多い。それを認めるのには勇気が必要だけど、さて、王様はどうだろうな」

どうだろう。

でもやってみなくては。

ユウレルダヤの涙を思い出してカリカは指に力を入れる。

あの涙を止めるの。

だって王妃《おうひ》様が。

ユウレルダヤ様が。

あの人があんな風に泣いてちゃいけない。

「スマート。相談に乗って。話聞くだけでもいい」

「魔法使いにご用事ってわけじゃねぇの？」

「うん、でも今は……」

カリカは言葉を探す。

相手に少しだけ合わせるのがコツだ。

「……流浪《るろう》の美貌《びぼう》の恋多き美青年、スマート・ゴルディオンに相談してるのよ」

変な持ち上げ言葉になったが、もともと流浪の美貌の大賢者《だいけんじゃ》とかいう名乗りがどっかなんか変なんだから仕方がない。

スマートはグラスを揺らし、ご満悦《まんえつ》の偉そうな様子で顎《あご》を上げて言った。

「そうそう、俺のことは褒《ほ》めて伸ばしてくれ。俺の扱いは案外簡単なんだから」


話の途中でスーチャが起きた。

スーチャは話に加わった。

スーチャは昔話をして、それでわからなかったことが大分《だいぶ》わかった。

カリカも話をした。

自分が魔王とスマートを呼び出したことやそれからのことを話した。

スーチャはカリカをまっすぐ見つめた。包み込むような瞳だった。
それでありがとうと言った。
カリカはもう死んでもいいと思った。
とてもしあわせで誇らしく、満ち足りた気持ちだった。
そして三人で王妃の塔《とう》に向かった。

第八章　王と占者の過去と現在

話が纏《まと》まったんなら一刻も早いほうがいいだろう、とユウレルダヤの部屋でスマートが言う。

「時間が過ぎればそれだけ魔法を重ねる機会が増えるってことだ。面倒になる。もうかなり厄《やっ》介《かい》かもな」

「解けなくなるのか」

スーチャが言って、スマートは淡々と言う。

「俺様に何を言う」

その自信に頼もしいと小さく口の端《は》を上げ、スーチャは重そうに立ち上がる。

「じゃぁ、行くか……面倒だけど」

深い溜息《ためいき》が続いたその言葉に、カリカが呆《あき》れた。

「面倒くさがるなよ。だいたいスーチャ、あんた面倒くさがっていい立場じゃないよ」

「なんで」

「ずーっとそれ引きずってだらだらしてたんだろ。酒ばっか飲んで」

スーチャは視線を右左に動かして口の中でもごもご言った。

「……もう酒はやめる」

「そうしてくれると私もヒーア茶入りの酒瓶《さかびん》を、あんた用にいちいち酒場においてもらうように歩かなくて済むから助かるよ」

スマートとスーチャが同時に目を剝《む》いた。スマートが思わず言う。

「カリカが出す酒はやたら薄いなと思ったらそれか」

スーチャがええっ、とスマートを見てからカリカに言う。

「えっ、いつからだそれ、いつから！」

「あんたに拾われてすぐ。ちょっとずつ薄めて行って、今じゃほぼ全部お茶さ。ヒーア茶はすごく酒に似てるんだ。見つけるまでは苦労したよ」

カリカの答えに愕然《がくぜん》とするスーチャを笑いながら、ユウレルダヤは侍女に酒を持ってこさせた。

「ほれ、これが酒じゃ。どうぞ試してみられよ」

スーチャは当惑したまま侍女に差し出された小さなコップの酒を、盆から取り上げる。

一息に飲んでたちまちくらくらと足をもつれさせた。

スマートも一気に飲んだが、こちらは満足そうに息を吐いて笑った。

「これだ！　うめぇ！」

へたりこんでしまったスーチャにカリカが声をかける。

「……ちょっと大丈夫《だいじょうぶ》？　スーチャ」

「うぐぐ気持ち悪い」

スーチャの顔は真《ま》っ青《さお》だ。侍女が水を渡す。

ユウレルダヤはすらりと立ち上がると、カリカの肩を押してスーチャとスマートに言った。

「それでは準備を整えて参ります故《ゆえ》。占者殿は気分を直しておられよ」

そう言い置いて、カリカとユウレルダヤは部屋の中の別の区切りの布の中に入る。

間を置かず侍女達とタニミヤが、その区切りの中にドレスや鏡や装身具や化粧《けしょう》道具を運び込み、素早く姿を整えはじめた。

「カリカ、ヒーア茶というのは？」

ユウレルダヤが服を脱ぎ、ドレスを着せられながら問う。

「体質を変える効果があって、ずっと服用していれば酒が苦手になるんです。酩酊《めいてい》感もあるから、誤魔化《ごまか》すのには最適でした。……そうでもしないと、絶対身体《からだ》壊してたから」

答えるカリカもドレスを着せられ、フラレッカの姿になっていく。

「でも、もういいのだな」

おめでとう、と続きそうなユウレルダヤの言い方だったが、カリカは首を横に振る。

「まだ、乗り越えたわけじゃないです。今夜で。今からのことで決まる。決してしくじれない」

ユウレルダヤは言葉を無くしたが、こういうときには決して口を開かなかったタニニミヤが静かに言った。

「違いますよ、カリカ」

それは、カリカと二人のときに聞かせてくれるタニニミヤの暖かい声音《こわね》だった。

おそらくユウレルダヤと二人きりのときもこの人はこの優しい声音で語るのだろう。

「たとえしくじったとしても、やると決めて行動に移して。それで何も変わらないわけがないのです。事態がたとえ悪い方に動いたとしても、それを受け入れる覚悟が出来ているのなら、きっとなんとかなると私は信じています。ユウレルダヤ様も」

タニニミヤはそう言って、ユウレルダヤを見て力づけるように微笑《ほほえ》んだ。

「……どうか、ご自分を奮《ふる》い立たせて。私はずっと近くで拝見しておりました。ユウレルダヤ様は、いつだって果敢《かかん》で、勇気があって、賢くて可愛《かわい》らしくあらせられましたわ。自信をお持ち下さいませ」

ユウレルダヤは泣きそうになり、それから頷《うなず》いた。

王の自室は、今日は溢《あふ》れるような花もなく、寒々としていた。

椅子《いす》に座った王の傍にはプラティラウが立っていた。

カリカはフラレッカの装《よそお》いで、そしてユウレルダヤはローラントの貴婦人のドレスで現れた。

髪は結い上げて花で飾り、胸の開いた腰のしまったドレスだ。手首には長いレースがついていてひらひらと動きを彩《いろど》る。鮮やかな濃い水色のドレスはユウレルダヤの褐色《かっしょく》の肌によく映《は》えていた。

スマートとスーチャもそのあとからついて入った。

「よくもまぁぞろぞろと」

王は鼻で笑った。

「フラレッカと魔法使いがつるんでいるのはいいとして。我が妻と占者は一体どういうことだ？」

「ああ、俺のことは気にしないでいいから」

スマートがまるで飲み屋で他の客に言うように言って、王は昼間の様子との違いに眉《まゆ》を片方だけ上げた。

「魔法使いもずいぶん態度が違うようだが」

「いやぁ気にしないでって」

スマートが言い、カリカが一歩進み出て言った。

「陛下。話し合いをさせていただきたくて参りました。どうか……」

なんて言ったらいいんだっけ。

きちんとしたしゃべり方なんか知らないからなぁ。

カリカはふとおかしくなった。

そっか、もういいんだった。

「……肚《はら》を割って話しましょう。私の名はカリカ。スーチャの世話係です。子供の頃にスーチャに拾われて、それからずっと一緒《いっしょ》にいます。スーチャを殺されたくなかったので、王妃《おうひ》様のお知恵をお借りして、このようなことをしました。処分は私に、いかようにも」

王ははっきりと不愉快《ふゆかい》そうにカリカの言葉を聞いていたが、やがて作り笑いを浮かべて告げた。

「そうか。王妃と仲がよいならなおいいな。占者の世話係から俺の愛妾《あいしょう》にとりたててやる。ありがたく思え」

スーチャが困ったように少しだけ首をかしげて言った。

「ヴィグ。悪いがカリカはこれからも俺と一緒にいるんだ。だからお前にはやれない」

カリカは全身の血が一瞬でお湯になったような気がした。目が熱くて視界が潤《うる》む。

泣きそうだ死にそうだどうしよう。嬉しい。

対照的に王の顔色はどす黒くなっていく。

陰険な笑みを浮かべ、怒りを押し殺した様子で引きつる唇を何とか動かす。

「控えろ占い師ごときが。俺は王だ。命令は絶対だ」

スーチャは喧嘩《けんか》をふっかけてきた子供を見るような目で王を見て、溜息を吐いた。

「お前、そんなことをして絶対後悔《こうかい》する。やめておけよ。お前らしくない」

「お前が、俺の、何を、知ってるっていうんだ。俺は聖人《せいじん》でも君子《くんし》でもない」

「知ってるけど、でもだからって自分がやったことに傷つかないほど鈍《にぶ》くも悪人でもないさ。俺を処刑しなくて、ほっとしただろ？」

「……愚弄《ぐろう》する気か!!」

王は平手でテーブルを叩く。乗っていたグラスが跳ね、床に落ちた。空《から》のグラスは毛足の長い絨毯《じゅうたん》に受けとめられて傷もつかなかった。

「愚弄なんかしてない、ヴィグレックークスク。俺を処刑して、お前の気持ちの中の何かに区切りがつけばそれでもいいと思ってたけどな。どうせカリカは俺のものにはならないと思っていたから、生きていても仕方ないと思っていたし」

「……な、何？」

「つまりお前のおかげで俺はカリカを手に入れたわけだ。ええと、ありがとう」

スマートはスーチャの後ろで思わず片手のひらに顔を埋め、カリカは真っ赤になってもじもじしていやぁ私は最初っからスーチャのものなんだってばぁとかぼそぼそ言い、ユウレルダヤは何かのとばっちりを喰わないようにスーチャから一歩離れた。

王の顔色はいよいよ青いのと黒いのとの中間くらいになった。椅子《いす》の肘掛《ひじか》けを摑《つか》んだ指には力を入れすぎて血の気《け》がない。

「王。落ち着かれなさいませ」

プラティラウはそう言って、予備のグラスを小テーブルから持ってくると、葡萄酒《ぶどうしゅ》を僅《わず》かだけ注いで王に勧めた。

王はそれを一気に飲み干して、息を吐く。

顔色が少し戻った。

「……お前とフラレッカ……カリカか。カリカが愛し合っていようが何だろうが、俺の命令は絶対だ。何なら反逆罪で今度こそお前を処刑してやっても」

「やめといたほうがいいな」

気遣わしげにスーチャは言って首を横に振る。

「そんなことをしたら、お前、もう一生俺のことを忘れられなくなるぞ」

王はきょとんとした。

その間に、スーチャは更に言う。

「ずっと忘れられなかったんだろう。可哀相《かわいそう》に。俺もお前を忘れたことはなかった。いつだって、ずっとだ」

「……嘘《うそ》を吐くな！」

「嘘じゃない、本当だ。だってお前は俺の大事な人だ。あの時もそうだったし、今もそうだ」

「うるさい！」

「うるさいわけはないだろう、俺のヴィグ。お前の瞳は、もう俺を映している。自分の心に素直になってくれ。俺はずっとお前を想っていた。何度も四季が巡る間、花や星や美しいものを見るときいつも、俺はお前を強く想ったよ。鳥を見れば鳥になって、お前の元に飛んで帰りたいと願ったんだ」

スーチャの声音《こわね》は熱く、本心で語っていると知れた。

横で聞いていたカリカは、自分の目が据《す》わっていくのを感じる。

ユウレルダヤが右に、スマートが左にそっと来て囁《ささや》く。

「……占者殿は、誰にでもこうなのか？」

ユウレルダヤが訊《き》き、

「お前もこんなこと言われてんの？」

とスマートが訊いた。

カリカは曖昧《あいまい》な笑みを浮かべ、二人にまとめて返事をした。

「いや、違……」

「……自分が、まるで女口説《くど》いてるみてぇって自覚あんのアレ」

スマートが嫌そうに言い、カリカも嫌そうにスーチャを見つめたまま首を横に振った。

「スーチャって、あんまり人に固執しないっていうか、友達少ないっていうか……。わりと人に好かれるんだけど、喧嘩《けんか》も一杯したし……とにかく、人を口説くとか見たことないよ」

「今まで彼女とかいた？」

更にスマートがこそこそと訊き、ユウレルダヤは聞き逃すまいと耳を寄せる。

「ううん」

「ああそうか、ずっとお前のこと好きだったんだっけ」

言われてカリカは全身を赤くする。

「に、したってよ。なかったわけか？　なんか」

「……は、花街《はなまち》には、結構知り合いいたみたいだけど」

「花街？」

ユウレルダヤがなんじゃそれはと眉根《まゆね》を寄せ、カリカとスマートは同時に、

「あとで教えて差し上げますので」

と誤魔化《ごまか》した。

スーチャは熱っぽく王を口説いている。

それを見てカリカはユウレルダヤの部屋で、スーチャが語った過去を思い出す。スーチャは

重く言った。

「俺とヴィグは家族だったんだ」


この国はつい数十年前まで絶え間なく戦争をしていた。

相手は隣国であったり同じく国の別の地域であったり侵略者であったり蛮族《ばんぞく》であったりした。

戦いは人の命を奪う。

男がいなくなり、女たちが働き、子供たちも働いた。

女が倒れると、年寄りと子供しかいなくなり、年寄りもやがて死んだ。

そうして子供しかいなくなった家はいくつもあった。

地方の町リンクヴァにもそういう家はいくつもあった。

王、ヴィグレックースクも一人になった。

スーチャも一人になった。

ヴィグレックースクには王家から下される禄《ろく》があった。王家から派遣された世話人がいたけれど、この男は足を滑らせて崖《がけ》から落ちて死んだ。王家はそれ以上、遠い血筋の子供を気にせず、毎月の禄だけが都から届けられた。

スーチャはとなりの家に住んでいた。二人は一緒《いっしょ》に住むようになった。他の子供たちも一緒に住むようになった。ヴィグレックースクはその子供たちを禄を使って養った。

そこは小さな楽園になる。

ヴィグレックースクはそこの主人で、確かに人を治める才能と魅力があった。誰からも慕《した》われ、仲裁《ちゅうさい》をし、生活の差配《さはい》をした。

子供たちだけの生活は楽しかった。

知恵を寄せて困難を乗り越えた。

春も夏も秋も冬も、統率《とうそつ》は乱れず、問題があれば話し合って解決した。作物を作って食べ、余れば売り、病人が出れば隣町に誰かが医者を呼びに行った。

ヴィグレックースクは快活で聡明だった。

その小さな楽園の王としてふさわしかった。

だれもがいずれ、ここを出て行くのだと彼は言った。

「だってそうだろう」

ベッドを連ねた部屋に、天井から吊《つ》り下げた網《あみ》のベッドが彼のお気に入りだった。全員の様子が見えて安心するんだと言って。

スーチャはいつもその下で眠った。彼が何か言ったらすぐに動けるようにだ。

「俺たちはみんなまだまだ子供だ。俺だって今年十三歳だ。子供はいずれ家を出て、自分の家を作るもんだろう」

みんなベッドの上で彼の話を聞いていた。一番小さいシビエーチは、姉のアルディウラに抱かれて眠っていたけれど。

「ここがいい家にできたら、自分たちの家もうまく作れる自信になるよな」

そう、微笑んで語った。暖炉の明かりに照らされる彼の顔は美しかった。

ヴィグレックースクとスーチャは一番仲がよかった。

年も同じだったし、ずっと友達だった。彼らよりも年かさのものはいたけれど、楽園の中心はこの二人だった。

大人のようなことをしなくてはいけないこともあったけれど、二人きりのときはお互いがお互いに甘えて子供に戻れた。

楽しかった。

けれどスーチャも、ほかの子供たちも考えていた。

ヴィグレックースクにはいつか都から迎えが来る。

王様の馬車がやってきて、ヴィグレックースクはいなくなる。

いつかそうなるのだと、少しのかなしみと共に、みんなが彼の幸福を考えていた。

だから都から馬車がやってきたその日に、誰もそれがスーチャを迎えに来たのだなんて思いもしなかった。

ヴィグレックスクでさえも。

都から来た馬車。

そこから降りてきたのは城仕えの者達で、金の房《ふさ》で飾り立てた服を着ていた。

春だった。

新緑に煙るようにユーラの花が咲いていた。ひよこの産毛《うぶげ》のような薄い黄色の花。鳥が鳴いていた。いい天気の日で影が濃かった。

彼らはスーチャに跪《ひざまず》いて頭《こうべ》を垂れた。

紫のローブで、頭巾《ずきん》を被《かぶ》った老人が、スーチャに言った。

胸に手を当て深々と頭を下げて。

「次代の占者としてお迎えにあがりました。スーチャ様」

「……な、なんで、俺の名前、知って」

当惑するスーチャに、その老人は深い色の瞳でスーチャを見て告げた。

「城の占者様の見《けん》によるものでございます。私は占者様の弟子でフロッケーと申します」

「俺は、ここに」

いたい、と言おうとしたが、城仕えの者達が無言でスーチャを捕まえて馬車に乗せてしまった。

馬車に乗るのは。

都に行くのは。

俺じゃなくてヴィグレックスクのはずなのに。

馬車に乗るのは。

迎えが来るのは。


「それは俺のはずだろうスーチャ！」


怒りと絶望と、裏切りに心を壊された叫び。

馬車の車輪の音に消されることなくスーチャの耳に届き、そしてそれは呪《のろ》いになった。


ヴィグ。


こんなはずじゃない。

こんなのは嘘《うそ》だ。

城に連れてこられて俺は確かに、占いが出来るようになったけれど。

占いを教えたじいさんは死んで、俺が占い師になって、王様の傍で占いをするようになったけれど。

俺はここにいるはずじゃない。

俺はここにいてはいけない。

スーチャはそう思い、何度もリンクヴァに戻ろうとしたが、城の占い師が自由に旅に出ることなど許されるはずもなかった。何度も連れ返されて折檻《せっかん》を受けた。

成人しても出歩けるのはせいぜい城下の酒場までで、それも城の者に常に遠く見張られてのことだった。

スーチャは何度も届くかどうかわからない手紙を書いた。

手紙を書くのは禁止されていた。城の情報や、占いのことを書かれていてはいけないと。

けれど旅人や商人に頼み込んで託したりした。

返事を待ったが届かなかった。

リンクヴァからの手紙は一度も届いたことはなかった。

ずっと日記をつけて、どれだけ楽園に帰りたいか書きつづった。いつかヴィグに読んでもらえるように。

けれど便りのない日々に疲れきって、やがて日記を書庫の中に捨てるように隠した。

ヴィグの憎しみに燃えた瞳。

刻印のようにスーチャの心に焼き付いて責めさいなむ瞳。

何でお前が馬車に乗るんだ。

そうだな、ヴィグ。

俺もそう思う。

俺はいなければよかった。

俺は家族と一緒に死んでいればよかった。

俺がいなければよかった。

俺はいなくなりたい。

ずっとそう思っていたから、ヴィグが王になって、俺を処刑すると言ってくれていっそ嬉しいくらいだった。

スーチャはそう言った。

「でも、あの日広場でカリカに出逢《であ》って。俺だって覚えてる。あの日の青い空。カリカの綺麗《きれい》な清潔な目。あの日から俺の世界に色が、光が戻ってきて、でも、カリカはどんどん綺麗になっていくから俺の傍を離れる日も来るんだろうなと思ってた」

スーチャはそう言った。

カリカはスーチャの手を握ると、首を横に振って笑いかけた。

「離れない」

カリカ達がスーチャから聞いたのはつまりそんなことだった。

だから、スーチャの気持ちはわからなくはないが、でも。

「なあヴィグ。俺たちやり直さないか。今からでもきっと上手《うま》くやっていけると思うんだ」

とかいう台詞《せりふ》は別れた男が女に言うものであって。

「今まで言えなかったけど、お前はほんとに魅力的になったよ。俺を殺してお前の気持ちが晴れるのなら一千回でも死んでやる」

とかいう台詞《せりふ》も同じ種類のものであって。

しかもスーチャは真剣にものを言うとき変な色気があって、そんな男に熱っぽくその手の言葉を連呼される王はカリカとユウレルダヤとスマートに同一の感想を抱かせた。

「陛下、かわいそう……」

カリカが代表して呟《つぶや》き、ユウレルダヤとスマートは深く頷《うなず》いた。

王は当然全身の毛を逆立てて、何か言われるごとに絶叫する。

「やめろ気持ち悪ぃ!!」

と。

カリカ達もそう思う。

第九章　ヴィグ

もはや王の顔とスーチャの顔は触れあわんばかりだ。

王は椅子《いす》にしがみついて、寄るな近づくな気持ち悪いあっちいけと四語だけを連呼する有様だった。

プラティラウはその様子を見て、がり、と神経質に頭を掻《か》き、腕を伸ばしてスーチャの肩を軽く叩く。

「やめな。どういう関係かは知らないけど、陛下に対して無礼にも程があるだろ?」

「陛下だけど俺のヴィグだよ」

と、スーチャが答え、

「誰がお前んだ!!」

悲鳴のように王が叫んだ。

カリカだってムッとした。

今は仕方ないから我慢してやるし、スーチャは別に陛下を口説《くど》いているわけではないのはわかっているからいいけど。

私だってあんな事言われたことないのに。

陛下はお気の毒だけど、なんだよ。

スーチャのバカ。

ちょっと思い始めたらどんどん胸の中に黒い靄《もや》が広がっていく。

嫌な気持ちだ。

「下がれ、下郎《げろう》。と言ってるんだよ」

プラティラウの声。

少し口元に笑みを湛《たた》えた、人を見下した声。

スマートが不快気に目の下に皺《しわ》を寄せたがカリカは気がつかない。

そうだ、スーチャ。仮にも王様に何をやってるんだ。無礼にも程が。やめさせなければ。昔友人だったとしても、今は違うんだ。どんなに口説いても、いや、私以外にあんな事を言うだなんて許せない。

カリカは硬く拳《こぶし》を作って怒りを堪《こら》える。

いや、堪える必要なんか本当はないんじゃないか。

このままぶつけてしまわなくてはいけない。それが正しいことだと感じる。

いっそ陛下がいなければいいんじゃないのか。

こんな思いを二度としなくてよくなる。

そうだ、陛下を消せばいい。

王様だってかまうものか。

魔王に頼めばいいんだ。

王の言葉が聞こえる。

「そうだ、不届き者め。俺は一度だってお前を許したことはない。夢の中でも昼の夢想の中でも、何度もお前をなぶって殺した。楽しかったさ。いつだって憎んでた、いつだってだ!! 下がれ占者!! 王の我が身に畏《おそ》れ多いぞ!!」

金切り声に近い笑いが続いた。

耐えかねたようにユウレルダヤが飛び出して、王の金髪の頭を、子供がするようにぴしゃりと叩いた。

カリカも、スーチャも、プラティラウも王も凍り付いた。

スマートだけがにやにや見ている。

ユウレルダヤの目には涙が浮かび、頰《ほお》を膨《ふく》らませて唇を尖《とが》らせ、本当に子供のような顔だった。

「ばかもの。陛下。もう。おやめ下され。陛下のばかものめ」

ぼろぼろと涙が落ちた。

王もスーチャも茫然《ぼうぜん》とその有様を見つめる。

カリカの背中をスマートが軽くつついた。するとカリカは身体《からだ》の中に詰まっていた何かが、一気に落ちたような気分になった。

なんて軽くてせいせいした気持ちだろう。

さっきまでの怒りが跡形もない。

大きな黒い雲が過ぎて、いきなり晴れたような、そんな気分だ。

振り向くとスマートが自分の人差し指を唇に当てて笑った。

「魔法使いの本分を、ほんの少し。行け。王妃《おうひ》はただいま無敵の魔法を行使中だ」

無敵の魔法?

なんだろうそれ。

「女の涙っていう魔法だよ」

スマートが言い、カリカは笑った。

確かに魔法だ。

平伏《ひれふ》せ、陛下。

カリカは猫のように素早く足を運ぶと王とスーチャに近づき、スーチャの腕を摑《つか》んで王から引きはがした。

王にとってスーチャは過去の象徴だ。片は付けなくてはならないが、必要ではない。

王に必要なのは現在だ。

そしてここから繋《つな》がる未来だ。

現在は、王にとっては間違いなくユウレルダヤ。

「なんだカリカ。俺はまだヴィグに」

カリカに渾身《こんしん》の力で引きずられながらスーチャは言う。

「あとにしてあとに！」

「だって」

「空気読めよ、鈍《にぶ》いなぁもう！」

「俺だってもう少しでヴィグに」

「もう少し続けてたら殴《なぐ》られるか蹴《け》られるか、子供にかまわれ続けた猫みたいに陛下が禿《は》げるかしてたと思うよ」

「それはいけないな。俺あいつの金髪大好きなんだ。久しぶりに近くで見たけどすごく綺麗だと思わないか？」

引きずりながらカリカは冷たい横目でスーチャを見た。

「黙らないと殴るか蹴るか寝てる間に髪そるかするよ」

黙った。

「おかえりー」

待っていたスマートが片手をヒラヒラさせて言う。

「……ただいま」

スーチャが曖昧《あいまい》に笑って答える。

王妃は貴婦人が泣くようにではなく、手放しで顔中を涙だらけにして泣いていた。

「ばかものめ。ばかものめ。ばかものめ。陛下なんか嫌いじゃ。わらわは仲良うしたいのに。いつも意地悪ばかり。せっかく年も近い金髪の綺麗な男で嬉《うれ》しかったのに。優しそうじゃと思ったのに、陛下はいつもわらわに意地悪ばかり。もう嫌いじゃ。わらわばっかり一生懸命で。わらわだって傷つくのじゃぞ。それなのに陛下はわらわを見もせん。見てみよ、ローラントの服と化粧《けしょう》と飾りじゃ。わらわにとってこんな苦しいものはない。もはや吐きそうじゃ。けれどがんばったのに何にもならん。陛下なんか嫌いじゃ。大嫌いじゃ」

カリカは飛んでいって慰《なぐさ》めたかったけれど、それをしてはいけない。ここは堪《こら》えなければ。

でもユウレルダヤはなんてかわいいんだろう。

素直で一生懸命で。

陛下はこれに応《こた》えなくてはならない。

何かを答えなくてはならない。

けれどプラティラウの手がするりとユウレルダヤの肩に伸びた。

「姫様」

馴《な》れ馴《な》れしく言われた言葉にプラティラウを睨《にら》み付け、肩に触れた手を払ってユウレルダヤは怒《ど》鳴《な》った。

「わらわはお前こそ大嫌いじゃプラティラウ！　だいたい何故お前がここにおるのじゃ。ここで何をしておる！」

プラティラウは目を瞠《みは》り、口を笑みの形にした。

笑っていない。形ばかりだ。

「それは、姫様。私は姫様のお側にいたい一心のことでございます」

言ってプラティラウは胸に手を当て、深く腰を曲げる。

「手紙は読んでいただけましたでしょう。私の心は通じたかと」

「わらわはお前など大嫌いじゃ！　二度と現れるなと金子《きんす》まで渡したであろうが！」

瞳を怒りで烈火のように燃やしてユウレルダヤは言い、けれどプラティラウはユウレルダヤの手を取ると瞳を合わせて覗《のぞ》き込んだ。

「……私の世界においで下さいましょうな？」

その言葉に顔色を変えたのはスマートだった。

「どけえ！」

カリカはその声にユウレルダヤに向かって低く駆けた。バネで弾《はじ》かれた球のように駆けた。

危機を感じていた。ユウレルダヤを守らなければ。

スマートは声と共に大きく腕を振った。

その動きによろけたスーチャは、いつの間にかスマートの手に長い杖《つえ》が現れたのを見た。

スマートはその杖を何度か大きく回す。

「即座にここへ参上せよ世界の扉と鍵《かぎ》と掛け金！　渡る風が告げるより早く！」

そして杖を両手でどかりと立てる。プラティラウが指で空中に何かを描いた。

「界渡《かいわた》りの掛け金は降りよ！　移動の法はここにおいては無効とな」

スマートの言葉が途中でぶつりと途切れ、口だけが動きスマートは顔を歪《ゆが》ませた。

プラティラウはニヤニヤ笑ったままだった。

ユウレルダヤの手をとったまま笑っていた。

カリカはユウレルダヤに飛びついた。確かに間に合ったはずのその指が、ユウレルダヤの肩があったはずの空間を滑り落ちる。

プラティラウもユウレルダヤも消えてしまった。

カリカはふかふかの絨毯《じゆうたん》に倒れ込む。

「な……なんだ？」

椅子《いす》にしがみついたままの王が呆然《ぼうぜん》と呟《つぶや》く。

スマートは自分の喉《のど》に指で何かを描き指でとんと弾いた。

途端、身を折って大きく深い咳《せき》をして、絨毯の上に何かを吐き出す。それは白金色の小さな蛾《が》で、スマートは忌々《いまいま》しそうに杖の先でそれを潰《つぶ》した。

「すまんな、絨毯に染みが出来た。あとで余裕《よゆう》があったら綺麗にしとく」

げほっともう一度咳をして、スマートは口元を拭《ぬぐ》った。

カリカはがばっと立ち上がるとスマートに言う。

「消えちゃったよ！」

「悪い、しくじった。あいつ仕込んでやがったぞ」

「追える？」

髪飾りや耳飾りを外して、一刻も早く少しでも動きやすい格好になろうとしながらカリカは言う。結った髪も下ろして、後ろでひとつに結ぶ。激しく動くと崩れて気になるからだ。

「防御してやがるだろうから少し時間がかかる。カリカ、今から言うのを集めてくれ」

「うん」

「それ、どれくらいかかるんだ。時間は？」

スーチャが言い、スマートが鼻に皺《しわ》を寄せて考えた。

「一時間で済めばいいなと思ってるが」

「それは、魔法で邪魔《じゃま》をされているのを、あんたの魔法で破ってから探らなきゃならないからか？」

「おお、筋がいいな。そうだ」

「……一時間あったら充分なんじゃないか？」

変な含みのある言い方で言われて、スマートは少し考え、おかしいほど深刻な顔で頷《うなず》いた。

「……充分だな」

スーチャもとても深刻に言う。

「あいつ俺より若いぞ」

「五回くらい？」

「なんにしろ充分だな」

カリカが本当にわからないという顔で割って入る。

「何の話？」

「うん、あとでスーチャに教えてもらえ」

スマートにそう言われ、スーチャはなぜだか真っ赤になって、カリカにも聞き取れないわけの分からないことを口走った。

「ともあれ事態は一刻を争うってことだ」

魔王に頼もうか、とカリカが言いかけたとき、スーチャが言った。

「場所がわかればすぐに移動できるのか」

「ああ。移動の魔法は使える」

スマートが頷《うなず》き、スーチャは懐《ふところ》から金の刻印の入った、ターコイズ色に染めた革の袋を取り出した。

「占いは魔法じゃないよな」

視線を合わせて言われた、自信に満ちた言葉にスマートも頷く。

「そうだな」

スーチャは金の紐《ひも》を解いて、袋の口を開き中から色の付いた石を手のひらに出した。

「当たるかどうかは星の次第だが、今当たらなかったら俺の占いに意味はない」

「ああ」

スマートの言葉にスーチャは決然と言った。

「俺はカリカをもう泣かせない」

スーチャはそう言って、手の上に出した石を絨毯の上にばらまいた。

カリカはスーチャの言葉に胸が詰まる。

「もう充分泣かせたんだから、もう泣かせない」

うそつき。

あんたなんか絶対なんかする。

絶対私は泣くんだ。

でも、それでも、私は多分あんたが好きで仕方がなくてずっと一緒《いっしょ》にいたいと思ってて、もしそうじゃなくなる日がくるとしたら、それはどんなに寂しいことなんだろう。何があってそうなるのかはわからないけれど、今は想像もつかない。

いつかこの人に泣かされるとしても、スーチャに言われた言葉は心底嬉《うれ》しい。

そして、占いをするスーチャの姿にカリカは甘い溜息《ためいき》を吐く。

こうしているときスーチャは一種独特の神聖さを纏《まと》う。

少し悔《くや》しいから言わないけれど、格好いいと思う。

彩色された石が止まった位置をスーチャは見つめ、膝《ひざ》をついてざっと腕を動かしてあっという間に集めた。

「南。湖。星。ヴィグ、地図を」

凍り付いたまま動けない王にカリカは駆け寄って言う。

「陛下、地図を貸してください。どこですか」

「あ」

王の視線を追えば、壁に額入りの国内の地図がかかっていた。

カリカは壁から額を外し、スーチャの前に置いた。

スーチャはもう一つ袋を出し、今度は中から小さな瓶《びん》を出す。そして中から紫と緑のビーズを、地図の上の、城から南にある唯一の湖の上に撒《ま》いた。

ビーズの中にはひとつだけ赤いものが混じっていた。

「西の岸に近い、湖の上だ」

「外れたら格好悪いな？」

風を切って杖を回し、水平の位置にぴたりと止めてスマートは杖を握った自分の指の関節に唇を当てて笑う。

「意地が悪いな魔法使い」

「行ってくる」

目元を緩《ゆる》めてスマートが言い、カリカが飛びついた。

「あたしも行く！」

スマートが驚きに目を瞠《みは》り、それを最後に二人の姿は消えた。

残されたスーチャはしばらく凍り付いていたが、ふう、と息を吐くと苦笑して呟く。

「……カリカらしいな」

危険だと、不安には思ったが、出来ることは何もない。ビーズを片付けながら言った。

「ヴィグ」

椅子《いす》にへたり込んだままの王はびくっと身体《からだ》を震わせる。

「今のお前は、みっともなくて格好悪いよ」

王は憎々しげに唇を動かしたが、言葉にならなかった。

スーチャは、地図を壁に掛け直すと王の椅子の足下にあぐらを組んで座って、王の顔を見上げる。

「ヴィグ。俺だってみっともなくて格好悪いんだ。ずっとお前を置いてきたことを悔《く》やんでた。俺の罪だと思ってた。そればかりを考えて、いろんな時間を無駄《むだ》にした。後悔《こうかい》はしてない。そうとしか、過ごせなかった。お前のことを忘れたことはない。……お前が城にあがってきて、顔を遠く見たとき、どれだけお前の名を叫びたかったか。ヴィグ。……ヴィグレックースク。……お前の近くに座って話すのは、一体何年ぶりだろうな」

「……うるさい。俺はお前を許していない……」

けれどその声には先刻までの甲高《かんだか》い響きはなかった。

スーチャは言葉を続けた。

「占いというのはな。占ったとしても、先のことというのは常に決定してはいないんだ。だから占いは外れることがある。俺は明日死ぬかもしれない。生きるものには常に時間はないんだ。俺は、お前の言葉を聞かないで、自分の話したいことを言うよ。今は。……そのあとで、お前の言葉を聞かせてくれ」

スーチャの瞳は青い。

真昼の空のように青い。

リンクヴァで、丘に駆け上がって子犬のように遊んで、ひっくりかえって笑って見上げた空が、吸い込まれてそこに残っているように。

何のかげりもなく笑い転げた、あの時の空が。

「……ヴィグ。ずっと、逢《あ》いたかった。ずっとお前と暮らしたあの家に戻りたかった。ずっと。ずっとだ。カリカと出逢ってからも、カリカを連れてあの家に戻って、みんなと暮らしたかった。カリカと出逢ったとき、俺はもう子供じゃなかったから、カリカと俺とお前で、みんなの面倒を見て、そしたら本当に家族みたいだろう。俺は父親のようにだってなれる。……ずっと戻りたかった」

　スーチャの目から涙がこぼれた。それは止まらなかった。

「……みんなの好きなものを馬車に溢《あふ》れるくらい積んで、扉を叩くんだ。きっとみんな驚く。お前だって笑ってくれる。たくさん話をしてカリカを紹介して、お前のハンモックの下で眠って……シビエーチが泣いたら、すぐに行って抱いて……。ずっとそんなことばかり考えていた。物語もたくさん覚えた。帰ったときに、みんなに話が出来るように」

「今更《いまさら》だ。そんなこと。言い訳だ」

　王の声音《こわね》は更に弱かった。

「処刑の通達を聞いたときも、お前を一目見れてからでよかったと思ったよ。……逢いたかったから」

　沈黙が落ちて、暖炉《だんろ》で薪《まき》が燃える音がした。

　しばらくしてから、王が項垂《うなだ》れたまま言った。

「シビエーチは、今、ルディシュカの手伝いを、してる」

掠《かす》れた声だった。スーチャは鼻を啜《すす》り、手のひらで涙を拭《ぬぐ》った。

「アルディウラは、ハルスリーの農場で働いてる」

「うん」

「クルクゥリは、馬の調教師になった。タキオーナはお針子《はりこ》になって、ジナは役人をしてる。クィーセはハフラと結婚して、子供がいる」

「すごいな」

「ツィラーは画家になった」

「へえ」

「お前を連れて行った役人が、金をどっさりくれた。みんな金なんかいらないからお前を帰せと言った」

スーチャは黙り込む。

「その金は、まだ誰も使っていない」

それから二人は、言葉少なに話をした。

長いような、短いような。

時間と距離を確認して、そしてそれをわずかばかり埋めるような。

移動の魔法。

つまりそれは、移動するということで、移動するということは外に出るということで、けれどそれに対応した服を着てこなかったカリカは、寒さに悲鳴を上げてスマートにしがみついた。

あっという間に睫《まつげ》が凍るローラントの冬だ。しかも夜で天候は晴れ。

天の二本の星の河の一粒一粒がきんと輝く、地上の熱全てが天に吸われる冷却の夜だ。

しかも足下に何もなく、吹き上がる風に足の奥、腹まで体温が奪われる。

ちらりと下を見たら針葉樹《しんようじゅ》の林の頭が足下にあり、空中にいるのだと知れた。

「ついてくるからだ、バカめ」

叱《しか》るようにスマートが言い、カリカはスマートを見上げて噛《か》みつくように言った。

「王妃《おうひ》様は友達なんだ！　それにあんたは私が呼び出した魔法使いだから、私に責任があるんだ！」

その言葉にスマートは破顔する。

「足手まといなんだよ」

言葉とは裏腹に、優しい声音《こわね》だった。杖《つえ》を持っていない腕で、カリカの身体を抱き寄せて、口の中で小さな呪文《じゅもん》を紡《つむ》ぐ。するとカリカは全身が温かくなった。春の日だまりにいるようで、凍った睫も溶けた。

「まあお前くらいのハンデがあっても、俺様にはたいしたことねぇし、なによりお前今綺麗な格好してるから、いい飾りになるだろうな」

「飾りって」

「怒るな」

言われてカリカは瞬きし、それからにいっと笑った。

「スマートなら、いいよ」

今度はスマートが驚いて瞬きした。

「スマートの飾りになれるんだったら、私、いいよ」

そしてカリカはスマートの頬《ほお》にそっと、僅《わず》かだけ触れるキスをした。離して、余裕《よゆう》の笑みで脅《おど》す様に言う。

「スーチャには内緒《ないしょ》ね」

スマートは片頬を引きつらせて笑った。

「これだから女ってこええよ……」

そして片腕でしっかり抱き込む。

「行くぞ、しっかりつかまってろ!!」

第十章　異界の魔王

凍った湖に夜空が映って、まるで金銀の粉を撒《ま》いた城の広間のようだ。

凪もない深夜で、森はくろぐろと闇に沈む。

夜空の星のない部分は闇で、こんな時間では狐も狩りをやめて眠っているのだろう。

獣《けもの》の声もしない。

風もない。

誰も見るはずはなかった豪勢な夜、どれだけの贅《ぜい》を凝《こ》らしても叶えられない夜だ。

星は金銀ばかりではなく赤いものも青いものもある。

それが凍った湖面に映ればまた色も変わる。

星々は瞬いて煌《きら》めく。

まるで宙に浮いているようだとユウレルダヤは思う。

「お寒くありませんか、姫様」

王の部屋にいたとき同様の格好をしているプラティラウも、全《まった》く寒そうな様子はない。そして自分もそうだ。寒さは感じない。室内と同じ体感だ。

返事をする代わりにユウレルダヤはプラティラウを横目で睨《にら》み付けた。

凍った湖の上に、何故か純白の毛皮で覆《おお》われた椅子《いす》がひとつあって、気がついたらユウレルダヤはそこに座って動けない。

「わらわを、どうするつもりじゃ」

「私の世界にお連れいたします。ええ、こんな不便な世界よりずっと楽しいところでございますよ。そこであなたは私と生涯《しょうがい》共に暮らすのです」

「わらわはお前が嫌いじゃ」

「と、いって、陛下のこともお嫌いなのでしょう?」

小馬鹿にした笑顔でプラティラウは言う。

「姫様。少なくとも私は、あなたを大事に扱うつもりですし、あなたが私のことがお嫌いでも、正直別にかまわないのです」

「……?」

疑問と共に向けられたユウレルダヤの視線に、プラティラウはにっこりと笑う。

「人を愛することが全くない人生より、報われなくても人を思う人生の方が得難いといいますでしょう。ですから、いいのです」

その言葉の薄っぺらさに、ユウレルダヤはぞっとする。

それは、嘘《うそ》だ。

プラティラウは邪悪だと、ユウレルダヤの本能が囁《ささや》く。

その感触はローラントに向かう旅の中でも薄々感じていた。だから、恋文を口実に放逐《ほうちく》したのだ。

それに、紙に連ねられた自分に向けられた愛の言葉。その忌《い》まわしさに鳥肌が立ったのも事実だ。

プラティラウはユウレルダヤの髪を愛《いと》おしそうに撫《な》でた。

「……私が仕える方に、あなたを紹介したい。きっと姫様もあの方を讃《たた》える気持ちになりましょう。二人で、あの方の力になるのです」

「わらわはお前が嫌いじゃ。わらわを解き放て」

プラティラウは嘲笑《ちょうしょう》する。

「凍死なさいますよ」

「お前に生かされていると思うくらいならそれもよいわ」

ユウレルダヤが座ったまま睨《にら》みあげ、平坦《へいたん》に冷たく言った。プラティラウは作り笑顔の口の端《はし》を痙攣《けいれん》させると、思い切り拳《こぶし》を振ってユウレルダヤの頬《ほお》を殴《なぐ》った。

それでもユウレルダヤの身体は椅子《いす》に縛《しば》り付けられたように動かない。頭ががくんと飛びそうに振れた。

「優しくさせて下さい、姫」

プラティラウは怒りに小鼻をひくつかせ、拳《こぶし》を撫《な》でて苛々《いらいら》と細く長い息を吐く。

ユウレルダヤは頬を腫《は》らし、ドレスと毛皮に鼻血を落とし、咳《せ》き込んで喉《のど》に落ちた血を吐き出す。

「わ、私は、あなたを花のように扱いたいのです。このような真似《まね》をさせないでください、どうか」

ユウレルダヤは痛みに顔をしかめながらも、プラティラウを黙って見つめた。

冷たい侮蔑《ぶべつ》の視線だった。同情するでもなく怒るでもない。

「……そんな目で見るんじゃねぇ!!」

また殴《なぐ》られ、ユウレルダヤは苦痛や怒りや恐怖よりも馬鹿馬鹿しくなる。下らない男だ。面倒くさくなって視線を落とす。だが、ユウレルダヤの矜持《きょうじ》がそれを許さなかった。

痛みを堪《こら》え視線を上げると腫れた頬と口を動かして、不明瞭に語る。

「こんなことしか、出来ぬのか」

「こんなことをさせるなって言ってるんだよォッ!」

癇癪《かんしゃく》を起こした子供のようにプラティラウは怒鳴《どな》る。

今度は拳を振り下ろすことは堪えたが、握りしめた拳は真っ白で、そこには太い血管が浮き出した。

「俺に優しくしろよ！　俺がお前を好きだって言ってるんだから、わかりましたって言ってりゃいいんだよ!!　それで全部丸くおさまるんだぞ!!　お前が俺を好きなら、俺に全部お前を捧げるんだろ!?　恋ってそういうもんなんだろ、いいんだよ、それで！　それでお前を連れて帰ればあの方もお喜びになるんだ！」

ユウレルダヤは、挑発するのは愚《おろ》かなことだとわかっていながら、止められず鼻で笑った。

「知ったことか」

「……こ、殺させたいのか。俺に、お前、を？」

上ずる声に、ユウレルダヤは平坦に言った。

「カリカがわらわを助けてくれる」

その言葉に、プラティラウはげらげらと笑った。

「あの小娘がか!?　スマートって魔法使いはなかなかやるみたいだが、あの小娘には何の力もないぜ。それに、なぜわざわざここに来たのかわかるか。あらかじめここには魔法陣が描いてあるんだ。誰の干渉《かんしょう》も受けない。探査の魔法も効かない。界渡《かいわた》りの魔法はスマートの呪文《じゅもん》に阻《はば》まれたが、なあにどうせそのうち仲間が迎えに来てくれる手はずだ。この魔法陣の中にいる限り、俺はスマートなんざに負けはしねぇよ」

「そうかな」

ユウレルダヤの声は暗くはなかった。

「……なんだと?」

「お前のような者は、スマートやカリカのような者に」

ユウレルダヤは口の中に溜まった血を吐き出し、それからせいせいと笑って宣言した。

「やっつけられてしまうがいいのだ」

その途端だった。

氷がぎしりと音を立てて軋《きし》み、歪《ゆが》んだ。

大きな圧力がかけられているようにだ。

それにいつの間にか水音がしていた。

あっという間にそれはごうごうと鳴り響きはじめ、二人の立っている氷が震える。氷の下の湖が、渦《うず》を巻いて動いている。

魔力の負荷を示して、今まで見えなかった魔法陣が白金に輝きはじめた。六重の同心円、そこに並べられたいくつもの魔法文字と、鉄で作られた装置。

恐ろしいような状況だったが、あわてふためくプラティラウとは対照的にユウレルダヤの表情は平静で、穏やかですらあった。

「そら見よ」

轟音《ごうおん》の中、ユウレルダヤの言葉はプラティラウの耳には届かなかったけれど。

爆発するような音がして、湖面の氷が大きく割れて吹き飛んだ。

ユウレルダヤは椅子ごと、プラティラウも空中高く放り出された。

「王妃様《おうひさま》ぁあっ！」

カリカ。

助けに来てくれたのだな、わらわの友よ。

なぜかスマートの杖《つえ》を持ったカリカが空中高くから空気を切り裂《さ》くように降りてきて、ユウレルダヤの手を取ると、割れて躍る氷の欠片《かけら》を次々に踏んでその空間を抜けていく。椅子はユウレルダヤの身を離れた。カリカと手を繋《つな》いでいたら、ユウレルダヤはまるで自分の身体が羽根になったような気がした。飛び散る氷の欠片が、まるで庭の飛び石のようだ。ゆっくりと、しっかりと自分たちの体重を支えてくれる。

そしてその空間を抜けると、ユウレルダヤはカリカに抱きしめられて氷の上に倒れ込むように滑った。身体に衝撃があり、ずいぶん長く滑ったように思う。

そして自分たちが今抜けた空間を見つめれば、高く吹き上げられた水や氷片が、落ちていくところだった。自分たちの周りにもそれは容赦《ようしゃ》なく落ちてきたので慌《あわ》てて立ち上がり、カリカと共に必死で岸に向かって走った。

手を繋いで必死に走った。

星明かりで足下は確かだった。

闇に沈む黒い森に向かって走った。殴られた頬や首には激痛が走った。けれどもカリカと手を繋いでいた。

息が切れて苦しかったけれど、怖くはなかった。


吹き上がった氷片のひとつに乗って呪文《じゅもん》を唱え、プラティラウは時間を止めた。

「なんてことだ信じられねぇ!! どうして魔法陣が崩《くず》れる⁉ これじゃぁユウレルダヤを連れて行けねぇじゃねぇか糞《くそ》がッ!!」

感情のままに吐き捨てるプラティラウに声がした。

「よーしよし、俺様が質問に答えてやるよ」

別の氷片にスマートが乗っていた。

「魔法陣が崩れたのは、俺様とカリカが強引に崩したからだ。理解したか? 俺様だけでもまぁ充分だが、カリカもカリカで潜在能力は高いからな。なにしろ自力で召喚術《しょうかんじゅつ》を編み出すほどだ。それで、カリカには苦労だが、先に魔力解放の術式と制御の能力を与えたよ。カリカ足《た》す俺様イコールでお前より全然強い。そういうわけだ。まあ俺様だけでも強い。こんな魔法陣なんかこの有様だ。そういうわけだ。理解したか?」

楽しげに傲然《ごうぜん》と顎《あご》を上げて言われ、プラティラウは怒りと恥辱《ちじょく》に顔を真っ赤にした。

「……なんでお前がこの空間に入ってこられる⁉」

「耳掃除《みみそうじ》をしろよ、理解したかと訊いたのに。ほんと愚問《ぐもん》。俺の名乗りを覚えてるか？」

言ってスマートは悠然《ゆうぜん》とプラティラウに近づく。

「美貌《びぼう》の、流浪《るろう》の、大賢者様《だいけんじゃ》だ」

プラティラウは圧倒され、身体が凍り付いたようで動けない。

そしてスマートは至近距離にやってくると、プラティラウの瞳を覗《のぞ》き込んで、歯をむき出して笑って言った。

「弁《わきま》えろ、下郎《げろう》」

プラティラウは小刻みに震える。

「……今度はお前が俺の質問に答える番だ。お前はどこから来た。何をしに来た？　王妃《おうひ》を連れて行くのは何のためだ。……お前は誰だ」

スマートの瞳に、意志が全《すべ》て吸われる気がする。

口が勝手に動きそうだ。

いけない、と思う。

「お前は誰だ、プラティラウ」

重ねて訊かれ、唇が勝手に動く。だが恐怖が言葉を押しとどめた。

「いやだ」

「訊いてるのが俺のうちに吐け。もっと怖い思いをするぞ」

空中にビー玉の様な水滴や、氷片が飾りの様にとどまる奇妙な世界。

そこでプラティラウは唇を動かす。視線はスマートの瞳から離せない。

「訊いているのが、誰、でも。あの、方、はもっと恐ろしいから」

「あの方?」

言う間にプラティラウの身体が中心線から縦に裂《さ》けた。

そこから細い美しい腕が伸びて、スマートの首に触れる。

一瞬の出来事でスマートの理解が遅れた。

「な」

何かが。

おそらくその腕の持ち主が微笑《ほほえ》んだ気配がした。

途端、首に灼熱《しゃくねつ》の痛みが走り、身体が震える。

「ぐあッ……!」

腕は消え、プラティラウが白目を剝《む》いて気絶する。

時間が動く。

がらがらと氷片が落ちる。零下《れいか》の湖水が白く跳ね上がる。

スマートは首からの痛みに支配されて集中できない。魔法が紡《つむ》げない。

このままではただ落ちる。

心臓が冷たさに耐えられるかと考える。

「こういう時は呼んで下さいよ」

腹立ちが混じったような声が耳元でして、身体《からだ》を掴《つか》まれた。

そして次には湖畔《こはん》にいた。

離れた湖面に岩が転がるような音をさせて、大きな水柱《つらら》が立っていた。

凍った地面に転がってスマートはそれを見る。

かたわらに立っているのは魔王だった。

肩と腕の出たフード付きのマント。黒い瞳で不愉快そうにスマートを見下ろしている。

「何やってるんですか。杖《つえ》も手放して」

首は鼓動のたびに痛む。それでもスマートは笑みを作って言う。

「杖は、カリカに貸した。あいつ、大した、魔法の才能だぞ」

「僕らの世界とここは魔法の律が大分《だいぶ》違うから、そういう場所に弟子がいたら情報の交換が出来てさぞかし便利でしょうね」

平坦《へいたん》に、冷たく魔王は言う。

「なんだよ、妬《や》いてんの。俺が新しい弟子取りそうだから」

いててと呻《うめ》きながらスマートは答える。

「なんの話ですか。……それ、見せて下さい」

「いい。自分でどうにかする。杖が戻れば」

「見せなさい」

魔王はスマートの横にしゃがんで、首を押さえるスマートの手を取って外させる。

そこには虹《にじ》色の奇妙な文様があった。何かの文字のような。烙印《らくいん》のような。

魔王は不愉快《ふゆかい》そうに眉《まゆ》を寄せた。そしてその文様に手を置いて撫《な》でる。

「わ」

ぢりっと灼《や》ける様な痛みを最後に、痛みが消えたスマートは長く息を吐いた。

「……助かった。ありがとよ」

脂汗《あぶらあせ》まみれになって身を弛緩《しかん》させて言われた言葉に、魔王は言う。

「自分でどうにかするとか。変な意地張らないで下さい」

「すーみーまーせーんー」

スマートは言う。

「それ、僕でも消せませんよ。痛みを止めただけです」

冷たい魔王の言葉にスマートはぎくんと身体《からだ》を強《こわ》ばらせる。

「……なに？」

魔王はスマートを見下ろし、腹立たしげに告げる。

「界渡《かいわた》りをしている以上、いずれは当たるかもと思っていましたけどね。僕がこうしてここにいるんだから、当然僕のような存在は僕だけではないわけです」

スマートは息を呑《の》んで魔王を見つめる。

二本の天の河の下、魔王の髪はくっきりと黒い。

「それは魔王の烙印ですよ。どうやら気に入られたようですね」


カリカはユウレルダヤの怪我《けが》を魔法で治した。

駆けてたどり着いた湖畔《こはん》、大きなもみの木の下だった。

「いつの間に魔法など使えるようになったのじゃ」

「スマートが、使えるようにしてくれたんです。もともと私には才能があるから、えーと、瞬間英才教育？　っていうのでとりあえずって。でも、あとでちゃんと自分で勉強しないといけないって。あと、そういうずるをしてるから、この杖を持ってないと駄目だって言うんだけど重くって」

「魔法使いも体力がいるのだな」

「特訓しないといけません」

うん、と真面目《まじめ》な顔でカリカは言う。

「……魔法使いになるのかや？」

「何にも出来ないの嫌だ」

ユウレルダヤに答えるのではなく自分に宣言するようにカリカは言った。

「スマートが認めてくれた力があるんなら、ちゃんとそれをしたい」

ユウレルダヤは微笑んでカリカを見つめる。

「……カリカはいいな。わらわには、何も出来ぬ」

こんな軽装でも、暖かい。

これはカリカの魔法の力だろう。

これがもし万人に行き渡るようになれば、どんなに楽になることか。

ユウレルダヤは星を見上げて呟《つぶや》く。

「陛下と仲良うして、国の為に尽くしたい。我らが不仲では、皆が不安がるであろ。政《まつりごと》の上だけでもいい、力を合わせたい。そう思うのに、わらわは何にも出来ぬのじゃ」

その呟きにカリカは微笑む。

「……遠い国から来て、そう思ってくれる人が王妃《おうひ》様だなんて。それはローラントの人みんなが嬉《うれ》しいことだと思います。王妃様。私、王妃様が大好き。可愛《かわい》くて気高《けだか》くて、面白くて」

カリカは短く声を上げて笑う。

「陛下も、素直にさえなれば、王妃様のこときっと好きになる。……帰ったら、二人っきりで話をするのがいいと思います」

「もう、面倒くさいのう。陛下がとにかくあんなんなのでな」

ぷうと頬《ほお》を膨《ふく》らませてユウレルダヤは言った。

カリカはにやにやと言う。

「陛下にとって、王妃様はスーチャより全然話していて楽な相手のはずですよ。今までとはもしかしたら違うかも知れません。どっちにしろ、諦《あきら》めることは出来ないんだから……がんばってください。愚痴《ぐち》なら私がいくらでも聞きます」

「カリカはわらわを甘やかしてくれぬの、ひどい奴じゃ」

ユウレルダヤは深く溜息《ためいき》を吐く。

カリカは笑う。

遠くから名を呼ばれ、立ち上がって手を振る。

スマートと、何故か魔王がやってきて、そしてみんなで移動の魔法で城に帰った。

移動の魔法はやってみろと言われてカリカが使った。

うまくいった。

戻った先は王の部屋で、王とスーチャが絨毯《じゅうたん》の上にひっくり返って眠っていた。

王は空《から》になった酒瓶《さかびん》を持っていた。

ユウレルダヤだけが王の傍に残り、スーチャは眠ったまま引きずられて外に出された。

そのあと、ユウレルダヤは寝台からかけ布団《ぶとん》を引きずって、王と一緒《いっしょ》に絨毯の上で眠った。

ふん、様《ざま》を見るがよい。

陛下だって床の上でお休みじゃ。

せいせいした。


眠っているスーチャを寝間着《ねまき》に着替えさせるのなんか、カリカはお手の物だった。スマートと魔王は客間に行ってしまった。

そう、スーチャは今や極端に酒に弱いというのがほんとのところだ。菓子に入った酒でだって、気持ちが悪くなってしまう。

カリカが調合したヒーア茶だけが、スーチャに酔いをもたらすのだ。

でも、こうしていつものベッドで、いつものようにスーチャを着替えさせていても、カリカはいつもと全《まった》く違う気持ちだった。

愛《いと》おしくて嬉《うれ》しい。

なんて楽しいんだろう。

スーチャがいるだけで、生きていけると思っていたけれど、スーチャも私が好きでいてくれるんだと思える今は、生きていくことはなんて楽しいんだろう。

しあわせだ。

何で生きていなくちゃいけないんだろうと思ったこともあったけど。それでも生きていくんだと、覚悟をしていたけれど。

こんなしあわせな時が自分に訪れるなんて。

カリカは堪《こら》えずに涙を落とした。スーチャの頬《ほお》に落ちたので、そっと指で拭《ぬぐ》った。

スーチャに布団を掛け肩をしっかり包《くる》んで、おやすみと囁《ささや》いて自室に行こうとした。

ドアを開けた瞬間、スーチャが言った。

「カリカ」

起きていたとは思わなかったカリカは、驚いて振り返る。

びっくりした、と言うより早く、スーチャが微笑んで掛け布団を上げ、囁いた。

「おいで」

カリカは言われた意味がわからず硬直し、それから理解して全身を真っ赤にした。

ぎくしゃくと傍に行って、室内履《ば》きを脱ぎ、スーチャの腕の中に身を固くして収まったら、布団を掛けられ、そして軽く抱きしめられた。

あっという間にスーチャの寝息が聞こえた。

カリカは全身の力を抜いて、スーチャの腕に身を預けた。

暖かくて、カリカも眠ってしまった。

深く眠った。

夢も見なかった。しあわせな気分だけがいつまでも続いた。


次の日、カリカはスーチャに町に連れ出された。

「俺が買ってやったからってその服ずっと着てたのか」

「……うん」

「じゃあ俺が買ってやるから新しい服を買おう」

そう言われて、新しい服をどっさり買われた。靴《くつ》もリボンも髪飾りも。

その中でも一番気に入ったのは、黒地に黄色と青の小さな花と、若草の刺繍《ししゅう》が入ったドレスだ。同じ布のリボンを頭に巻いて髪を結って、布で作った牡丹《ぼたん》を飾った。

店を出て道を歩く。

石畳《いしだたみ》の上に積もった雪は、往来の人に踏み固められて滑りやすいが、歩き方を覚えればなんとでもなる。

天気のいい日で、陽光が積もった雪に乱反射してまぶしい。町の真ん中を、大鹿に牽《ひ》かれる橇《そり》が荷物を載せて行き来している。

「どこに行こうか?」

昼でもローラントは寒いから、これも今日買ったばかりの毛皮の外套《がいとう》を着てカリカはスーチャに答えた。

「帰る。スマートに見てもらうんだ」

「そうだな」

カリカの笑顔に、スーチャも笑う。

「そのあと、ヴィグのところに行こう」

「うん、様子見に。王妃《おうひ》様のことも気になるし。仲良くしてくれてるかな、陛下……」

「あいつ拗《す》ねると長いけど、根は素直だから平気だろう」

「……スーチャ、陛下のこと好きだよね……」

よくない目線で見つめてカリカは言い、目線に気がつくことなくスーチャは頷《うなず》く。

「ああ。大好きだ。ずっと想っていたからな」

「ああそう……」

内心うんざりしながらカリカは言い、スーチャは何か嬉《うれ》しそうに笑っていたが、ふと、手袋を嵌《は》めたままの手でカリカの額をつついた。

「妬《や》く筋合いの話じゃないだろ」

「何勘違《かんちが》いしてんの。スーチャが気持ち悪いだけー」

うえー、と舌を出して見せたら、スーチャはどこが気持ち悪いんだ？　と真剣に首を捻《ひね》った。

橇が跳ね上げた雪の粉が、太陽に照らされて七色に光る。

スマートがいるはずのカリカの部屋には誰もいなかった。

嫌な予感がして、客間に行ったら魔王もいなかった。

客間は元の客間だった。天蓋《てんがい》のあるベッドや寝具、家具も元に戻っていた。あの、香りを嗅《か》ぐだけで安らかに眠くなる、不思議な空間と繫《つな》がってはいない。空だったところは天井で、木だったところはベッドの柱だ。

ただ、絨毯《じゅうたん》の上にいくつかの山に分けられて本が積まれ、その上に番号を書いた紙が置かれている。よく見たらベッドの上にスマートの杖《つえ》があった。部屋を入ったところに畳《たた》んだ紙が置いてあって、開いてみたらスマートからの手紙だった。

本を順番によく読んで、徹底的に理解するように。身体《からだ》と喉《のど》を鍛えるように。そのための方法がいくつか書いてあった。それに書き添えて一文と署名。

杖はやるからがんばれよ。

お師匠様《ししょう》より。

カリカはその場に膝《ひざ》をついてへたり込んで、長く溜息《ためいき》を吐いた。

「……何がお師匠様だ……ばかやろう……」

スーチャは何も言わずに見守る。

「私だって、別れるときにはさよならって言うぐらいの礼儀《れいぎ》は知ってるのに」

呟《つぶや》いたら泣きそうになった。

知らないうちに何でいなくなるんだ。

けれど、スーチャが言う。

「だから、さよならじゃないんだろう?」

振り向いたカリカに、スーチャは腕を組んで笑った。

「また来るんだろうし、そもそも、ここに来た経緯を思い出せ、カリカ。お前がどうしても逢《あ》いたくなったら、また呼び出せばいいんだ」

ああ、そうか。

そうだな、うん、そうだ。

カリカはあっという間に明るい気持ちになった。

「うん」

頷《うなず》いて立ち上がり、髪の飾りを外した。

「よし、筋トレするぞ!　着替えてくるね!」

スーチャは軽くずっこけた。

「筋トレってなんだ」

「書いてあるんだよ、ほら。筋トレの方法って」

とカリカはスマートの置いていった紙をスーチャに見せる。

「筋トレって単語がまずわからんのだが。いや、それはいいんだけど。ヴィグの様子見に行くんじゃなかったのかよ。執務中だとは思うけど」

ああそうか、とカリカは頷《うなず》いて、髪飾りを着け直した。

廊下《ろうか》を二人で歩いていたら、何のきっかけもなくスーチャに頬《ほお》にキスをされた。

真っ赤になって慌《あわ》てて壁にへばりついたら、駄目《だめ》か、と訊かれたので、返事の代わりに背伸びをして頬にキスを仕返した。


その日は結局王も王妃《おうひ》も忙しいと言われ、逢《あ》えなかった。

カリカとスーチャは城の食堂で食事をしようということになり、行ってみたら、着飾ったカリカをみんなが取り囲んでちやほやしたり褒《ほ》め称《たた》えたり、からかったりデートの申し込みをしたりしたので、スーチャが拗《す》ねて、そのあと一週間は食堂に行かなかった。

夜になってタニミヤを訪ねたら、とにかく王もなんとか会話をしようとしているらしいが糸口が見つからず、妥協案《だきょう》としてしりとりをすることになったという。

「しりとり？　ですか？」

「そうよ。陛下も真剣でしょう？」

くすくすとタニミヤは笑う。

「朝はユウレルダヤ様はまだ起きられないので、昼と夜の食事は一緒《いっしょ》にして、そのほかは夜一時間ほど一緒にいることにしたそうよ。政《まつりごと》のお話しをそこでするんですって」

「で、食事中の話題は」

「しりとりをずっとしてらっしゃるわ」

「……ヴィグも必死だなぁ」

スーチャが言って感心した溜息《ためいき》を吐いた。

こじれてしまった感情は、王にしろ王妃にしろなかなかほぐれないが、ともあれなんでもいいから言葉を交わすことは悪い方策ではないと思えた。

いつか、しりとりではなく二人が自然に会話をするようになったら、笑い話になるだろう。

カリカは日記をつけはじめた。

その日、何を学び何をして何を理解したか。

スマートに伝えたいこと。

結局あまり接触がなかったけれど、魔王にもちょっと聞いて欲しいこと。

いつかまた逢《あ》って話をする日のために日記をつけはじめた。

スーチャは国の占い師を続けている。

「王様と王妃様のこととか、次にスマートと魔王がいつ来るかとか占える？」

カリカの疑問に、スーチャは微笑《ほほえ》んで答えた。

「占って、とは言わないいんだなカリカ」

言われてカリカは、スーチャの胸にもたれて笑う。

「占っても外れるんでしょう？」

「そうだ」

未来は決定していない。

だったら今、何をしているかがただ重要なだけなら、王と王妃は信頼し合うようになるだろうし、カリカはスマートに逢ったときに、恥じない自分であれるだろう。

冬が終わり春が来るのと同じように、それは明らかなことだろう。

それを信じることこそが、あるいは希望というんじゃないかとカリカは思い、スーチャの鼓動を聞くために、その広い胸に耳を寄せて目を閉じた。

あとがき

こんにちは。野梨原花南《のりはらかなん》です。あとがきです。

この、魔王とスマートの話ですが無事にシリーズ化しました。ありがとうございます。

前作でシリーズタイトルをつけましょうかと担当さんに言われたときに、いやぁシリーズにならなかったらみっともないからいいですよと答えたのですが、シリーズになったときというのを全《まった》く考えていませんでした。

コップに入った飲み物が半分になったのを見て、

「もう半分しかない」

と考えるか、

「まだ半分ある」

と考えるか、という昔からのお話がありますが、

「うーむ半分飲んだ」

と私は考えます。

前向きなんだか後ろ向きなんだか不明です。

そんなわけでこのお話はシリーズタイトルがありません。

呼称としては『魔王』シリーズ？　ということになる、かしら。

で、前作、『王子に捧げる竜退治』と、この話はあんまり繋《つな》がっていません。

魔王とスマートは出ていますが、ドリーもルフランディルも出ていません。タズにいちゃんとかも出ていません。

世界自体違います。

時間的には多分、前作のあとの話だと思います。

今回のサブタイトルはつけるとしたら、変な思いこみカップル、でしょうか。

王様とお后様《きさきさま》もなぁ。

これからどうなるんだかなぁ。

タニミヤさんにいい人が現れるといいなと思います。

書いていてビーフシチューが食べたくて仕方がありませんでした。

ビーフシチュー！

デミグラスソースって何であんなに高いんでしょう！

自分で作るのは面倒くさいしぶつくさ。

そうそううちの近くのスーパーが、北海道でもないのに何を考えているのかショーケースひとつ分ジンギスカンとラムしゃぶです。というかある日突然設置されてそのままです。やったぁ羊大好き！

おかげで羊肉のたれ漬け（ジンギスカンです）はそこで買って食べたので問題なかったのですが、安いので飽食《ほうしょく》も出来ましたが、もやしっておいしいなぁ。

問題はビーフシチューです。

なんでこう牛は高いのですか。


近況。

えーと、仕事をしています。

他には特に何も……。

あ、そうそうFAXを新調しました！

前の七年ものは、五十枚とか送られてくるとプリントアウトに一時間とかかかるので、

「もうええわい」

と近所の電気屋に行って一番小さいのを指さして、

「これください」

って言ったら何故か怪訝《けげん》な顔をされました。

値切ったり説明聞いたりしなきゃいけないのかしら。

でもいいの、いいのよプリントアウトに一時間かかって、給紙につきっきりでなければそれでいいのようふふふふ。

とは思っていたものの仕事が佳境《かきよう》だったもので、とても人相が悪かったのかも知れません。

エレベーターの鏡に映った私は何故か顔色が真っ白でした。あと寝癖《ねぐせ》直せって感じの。

とはいえ在庫がなかったので結局ネットで買いました。次の日来ました。早い。

あと昨日炊飯器《すいはんき》が壊れました。

もう家電って何で一気に壊れるのかしらもう。

いやFAXは壊れたわけではないですが。

関係ないですが東鳩《とうはと》キャラメルコーンがおいしいです。

挿画《さしえ》の宮城《みやぎ》とおこさん、今回もありがとうございました。髪をまとめたスマートがとても新しいです。ありがとうございます。

このシリーズ、ともあれまだまだ続きます。楽しんでいただければ、それが一番嬉しいことです。

それでは、あなたさえよければ、またお会いしましょう。

二千七年　野梨原花南

※この作品はフィクションです。実在の人物・団体・事件などにはいっさい関係ありません。

この作品のご感想をお寄せ下さい。

野梨原花南先生へのお手紙のあて先

〒101―8050　東京都千代田区一ツ橋2―5―10
集英社コバルト編集部　気付
野梨原花南先生

のりはら・かなん

11月２日生まれ蠍座O型。賞も獲らずにデビューし、売れもせずにほそぼそとやってきた小説屋が、開業15周年を迎える（2007年時）ことを心底不思議がり、ありがたがっている今日この頃である。
著作はコバルト文庫に『ちょー』シリーズ、『ちょー企画本１・２』『逃げちまえ！』『あきらめろ！』『都会の詩　上巻・下巻』『居眠りキングダム』『王子に捧げる竜退治』『よかったり悪かったりする魔女』シリーズなどがある。

占者に捧げる恋物語

COBALT-SERIES

2007年３月10日　第１刷発行

★定価はカバーに表示してあります

著　者　野梨原花南
発行者　礒田憲治
発行所　株式会社　集英社
〒101－8050
東京都千代田区一ツ橋２－５－10
電話　東京　(3230) ６２６８（編集部）
(3230) ６３９３（販売部）
(3230) ６０８０（読者係）

印刷所　大日本印刷株式会社

ISBN978-4-08-600887-7 C0193